Mystery

LUNA SEA

格林血色童話4

純潔殘酷的愛慾世界

桐生操／著　劉格安／譯

前言

格林兄弟在編輯整理各地蒐集來的童話時，對於故事中的性愛描述極為敏感，但在描寫殘酷的場景上，反而寬容得不可思議。

舉例而言，在〈白雪公主〉中，皇后被迫穿著燒紅的鐵鞋狂舞至死；在〈孩子們的屠殺遊戲〉裡，其中一個孩子用刀割開另一個孩子的喉嚨，再由別的孩子負責拿盤子盛血。在〈杜松子樹〉中，繼母砍下兒子的頭，將屍體切碎後加入湯裡，端給毫不知情的丈夫吃。

僅是這幾個簡單例子就可知道，格林童話中的殘酷場景多到已稀鬆平常。但相對於此，格林兄弟對於童話中的性愛描寫卻非常謹慎，舉凡牽扯到性行為或懷孕等描述都被逐一刪除。

不過就算他們再怎麼刪除，不，正因為這種刻意的刪除，反而讓故事的發展顯得有些不自然。因此，當後世的童話研究者著眼於此，展開重點式的調查後，逐漸發現意想不到的真相。

於是相關的研究書籍不斷推陳出新，從各種觀點去探討潛藏在格林童話中的祕密，例如從歷史、從精神分析等不同角度來加以闡釋。

比方說，在布魯諾・貝特漢（Bruno Bettelheim）等人所提出的精神分析學的解釋當中，〈藍鬍子〉女主角打開禁忌之門的「鑰匙」代表男性的性器官，鑰匙上沾染的血跡則代表喪失處女之身。〈灰姑娘〉腳上那雙精緻易碎的玻璃鞋是處女膜的象徵，及時逃出舞會則代表她守住了自己的貞操。

此外，研究結果也顯示，隨著童話的再版，格林兄弟陸續對內容做出各種調整，例如在〈沒有手的姑娘〉當中，女孩其實是因為拒絕與父親結婚，才被切除雙手和乳房，但格林兄弟卻把這個部分代換成與惡魔的契約。

另外，在本書也有收錄的〈千皮獸〉中，被親生父親求愛的公主離家出走後，經歷重重苦難，最後與某城堡的國王結為連理。但令人震驚的是，在初版的故事當中，公主其實是與追求她的生父結婚。

本書盡可能參照格林童話的初版，重現人們當初口耳相傳、直到被格林兄弟捨棄的童話原著，並盡可能忠實地挖掘出隱含在童話中，具衝擊性的原貌。

除此之外，我也從安徒生童話與奧斯卡・王爾德（Oscar Wilde）的童話中，選出了幾篇長久以來令我愛不釋手的故事。

近親相姦、人獸戀、性交易、與怪物之間的愛慾等，我希望讓各位深刻感受到，童話中那些乍看之下輕描淡寫的敘述背後，潛藏著多麼具衝擊性的愛慾世界。

說起來，格林童話之所以如此歷久不衰，不正是因為每每愈深入探索，愈能夠發現到最初閱讀時沒注意到的奧祕世界嗎？

那個世界呈現的樣貌因人而異，與每個人隱藏在心中的內在問題產生共鳴，讓我們窺見令人震驚的真相，同時具有俘虜讀者的強烈神祕力量。

目錄

I

千皮獸

Thousandfurs

父親與女兒的
亂倫愛戀

國王每天夜裡都會來到
親生女兒的寢室。
為了逃避父王的逼婚，
公主披上獸皮斗篷，隱藏自己的真實面貌……

*

選自格林童話的故事

公主躺臥在床上。前一刻的快感依然如漣漪般擴散，令她全身顫慄。她閉上眼睛不發一語，恣意癱在床上，似乎還沉浸在方才的餘韻裡。

「……妳真美。」

國王輕輕拉開公主身上的被單。就著微弱的燈光，把公主的裸體從頭到腳打量了一遍。

「妳是我的作品，是我精心打造出來的成品。」

公主面露微笑，側過身去。始終閉著眼的她，一回神才發現，自己竟在不知不覺中以國王的目光審視起自己的裸體。

沒錯，我並沒有變，反而比以前更美了。兩個乳房變得更加豐滿，玲瓏有緻的腰線變得更加煽情，在稀疏的恥毛底下，雙腿變得更加修長……

不過，這些美一點好處也沒有。即使再美、再有魅力，也不可能有人娶為我妻，愛我一生一世。

因為我是……父王的情婦。

公主至今依然無法忘記那天晚上發生的事。幾個月前，她睡覺睡到一半，突然察覺一股危險的氣息。驚醒一看，竟然有張男人的臉朝她逼近，隨時準備直撲而來。那個人不是別人，正是她的父王。

在恐懼感的侵襲下，公主拚命試圖逃跑，但她終究是個手無縛雞之力的少女，只能任憑父王上下其手，無力抵抗。

父王原本是那麼地溫柔，總是滿懷慈愛地注視著她。如此令人信賴的父王，怎麼會在一夕之間變成一個令人恐懼的迫害者……？

父王離開後，公主在痛楚和驚嚇中哭了整夜。淚水不斷奪眶而出，濡濕了枕頭。

然後從那一天起……國王每天晚上都會造訪公主的寢室。

——怎麼辦？我究竟該怎麼辦才好……？

公主不斷煩惱著。為了逃出父王的魔爪，她好幾次對父王說：「這是對神不敬的可怕罪行。」但憑她一個女子，力氣怎麼也比不過成年男子。公主總是一轉眼就被扒個精光，而國王總是殘忍無情地玷汙公主。

這行為令公主深惡痛絕，她想逃卻逃不了。她像顆石頭般封閉自己的心，任憑父王用手恣意擺弄自己的肉體，因為這是唯一能夠保護她免於身心崩潰的手段。

她想殺死父王，最好由她親自下手。這個念頭不知在腦海中徘徊了多少遍。父王玷汙了她，父王害她必須一輩子獨守空閨。

她也曾在枕頭底下藏一把匕首，等待父王在深夜到來。不過就在最後一刻，她退縮了，終究還是下不了手。

從放棄殺害父王的那一天起，公主徹底變了。她心想，反正自己注定無法逃脫這樣的命運，何不試著迎合他算了。

和父王的關係……那是非常可怕的罪行。不過，既然無法逃避那罪行，乾脆不顧一切投身進去吧，耽溺到心滿意足為止。於是，自從公主下定決心以後，她不再抗拒父王的到來。日復一日，公主逐漸被父王的手塑造成一具享樂用的玩偶。嘗過性愛的滋味後，公主的美貌更上一層樓，只是那樣的美完全是荒蕪之美。

即使有別國的使者上門提親，父王也總是沉默地搖頭。他不願被人奪走心愛的公主，不願失去自己一手打造出來的美麗玩偶。

多位重臣齊聚一堂，皺著眉頭說這是大逆不道的行為。萬一這個事實傳到國外，或是在國人之間散播開來，將嚴重損及國王的威嚴，而且已經有一些貴族在私底下偷偷耳語，談論兩人淫亂的關係。

「母后好像全都知道了。」

公主坐在父王的膝上低聲說道。

「我好害怕她的視線，感覺隨時都在暗中監視我，或是在心中默默地責備我……」

「那是妳多心了。」

父親從後方伸手輕輕撫摸公主的胸部。

「我是個壞女人，竟然和父王做這種事，害得母后如此痛苦不堪。」

公主說著說著回過頭去，嬌媚地仰頭接受父王的吻。

「但我喜歡和父王做這種事，我沒辦法欺騙自己。」

接著公主就像往常一樣，順應著父王的愛撫敞開身體。全身上下像是突然被點燃似地愈來愈濕潤，最後被激烈的快感捲入漩渦中。她早已無法抵抗那種感覺。

母后真的知道嗎？她總是面無表情，溫柔以待，臉上從未閃現任何不快之色。

可是說不定……在四下無人之處，母后那張平靜的臉也曾痛苦地扭曲。說不定對公主和國王的憎恨，也曾讓她變身成可怕的惡魔……

公主是國王與皇后結婚五年後，殷切期盼下終於到來的女兒。雙親都對她疼愛有加，尤其是皇后，疼女兒疼到無時無刻都捨不得分開。

當時的王公貴族大多把嬰兒的養育工作交給奶媽處理，不太插手育兒的事。所以比起自己的親生父母，很多小孩反而與奶媽或家庭教師更為親近。

不過，皇后卻反其道而行，每次奶媽哺乳完，皇后就會把公主抱到自己的懷裡，片刻也不想耽誤。「妳要快快長大，長得健健康康的。」她總是一邊喃喃自語，一邊輕輕搖晃懷中的公主，而國王也總是笑咪咪地從旁注視這一切。

公主就是在這樣的環境下長大。進入青春期後，她的美貌出脫得更加動人，對此最高興的人就是皇后。為了愈來愈常出席公眾場合的公主，皇后只要有空就會替她挑選洋裝或寶石。

她會特地從時尚聖地巴黎取得色卡或設計樣本，與公主交頭接耳地討論下一次要訂製哪種款式的洋裝。這對皇后來說是最快樂的時光。

為了陶冶公主的性情，無論是禮儀、語文、美術、舞蹈或樂器演奏，一律聘請當時全國中最優秀的人才當家教。當公主以可愛的姿態跳著小步舞曲，或是演奏魯特琴時，皇后總是笑咪咪地在旁觀看。

從前溺愛皇后的國王，如今也在外面包養了一個年輕情婦，一顆心早已不在皇后身上。但突然之間，生活中出現可以撫平她內心孤獨的人。對於皇后而言，公主已然成為她活著的理由。

然而，公主卻背叛了皇后。

某天深夜，突然醒來的皇后發現原本應該躺在她身邊的國王，竟莫名不見蹤影。時間已近破曉時分，難得受到國王激情愛撫的皇后，當時正心滿意足地休息著。她狐疑地從床上起身，披上睡袍，在城堡內四處徘徊。

皇后的腳不知不覺步向公主的寢室。不知道為什麼，她那天晚上特別想到公主那裡去。

皇后不經意地輕輕推開門，結果竟然看見不可置信的一幕。有個人趴在公主身上，而那個人不是別人……正是國王。

儘管衝擊強烈得令人喘不過氣來，皇后還是勉強返回走廊上，悄聲無息地關上身後的門，心臟還撲通撲通跳個不停。

太荒唐了，國王怎麼可以對自己的親生女兒……皇后的痛苦就是從這個時候開始的。

這些日子以來，皇后也無可避免地感覺到自己的肉體正在老去。儘管新婚當時，皇后擁有首屈一指的美貌，但歲月不饒人，她的肌膚逐漸鬆弛，臉部線條下垂，眼神也失去原有的光芒。

對於國王把心思轉移到年輕女孩身上，她認為是無可厚非的事，所以早就放棄了。不過她怎麼也沒想到，國王的對象竟然是親生女兒……皇后陷入了水深火熱之中。

即使如此，皇后表面上還是保持著若無其事的態度。她小心翼翼地不讓國王和公主發現自己所承受到的衝擊。當然，某部分是出於女人的矜持，但最主要還是因為國王身為一國之君，若傳出醜聞肯定會動搖國家的威信，更何況事情還發生在眾臣眼前。

可是一到夜裡，每當皇后孤獨地躺在床上，那股對國王和公主的嫉妒與憎恨，就像火焰一樣炙烈地燃燒著她的身心。

「無法原諒，無論如何都無法原諒！」

滿腔怒火讓皇后變成了惡魔。她漫無目的地徘徊在深夜的走廊上，披頭散髮，眼神中露出瘋狂之色。

「救救我吧，救我遠離那個背叛我的國王，還有公主。」

不過皇后卻束手無策，當時的女性沒有公然譴責丈夫出軌的權利。

每當皇后獨自一人躺在床上閉起眼睛，腦海中就浮現國王抱著公主毫無遮蔽的裸體，還有陶醉在快樂之中的神遊表情……

而帶給公主這份快樂的不是別人，正是自己的丈夫。

如今皇后唯一能做的選擇，只剩下以死來報復這場背叛了。

某天早上，宮女一如往常地打開寢室的窗簾時，發現床邊桌上的杯子不太對勁，杯中一半的水灑了出來，皇后則倒臥在床上，全身冰冷。

「不好了，皇后她……！」

宮女的叫喊聲引起宮中一陣騷動。皇宮上下立刻頒布封口令，並低調地請來御醫。

經過鑑定以後，醫師診斷皇后是被毒死的。雖然也有可能是遭人暗殺，但房門鎖得相當牢固，毫無可疑人士入侵的跡象。為了確認是否有任何下毒的機會，舉凡寢宮的宮女或負責更衣的僕人等，所有皇后就寢時會進出寢宮的人，都被逐一傳喚來嚴加調查。

不過，這些人的嫌疑很快就被洗清了，因為有人發現皇后的遺書，上面清楚交代她是自己尋死的。

自殺……這在當時的價值觀中與謀殺同等嚴重。在基督教中，自殺更是被嚴禁的重罪，更何況一國的皇后自殺這種荒謬的事，倘若處理不當，甚至有可能導致國王被羅馬教會除籍。

無論如何都必須徹底封鎖消息才行。國王命令御醫開立假的診斷書，並支付給他高額的封口費。皇后的死完全被偽裝成因病猝死。

宮中隆重地舉行了葬禮，全國上下都籠罩在一片哀痛之中。國王和公主都因為大受打擊，一時之間無法振作起來。

母后果然全都知道了……明明對一切心知肚明，卻一直到最後都佯裝不知情。在那段日子裡，她的內心該有多麼煎熬啊。一思及此，對於自己深重的罪孽，公主感到一股錐心刺骨之痛。

至於國王也苦惱於別的問題，那個問題來自皇后遺書中的某句話。

皇后在闡明自己主動尋死之意後，在最後註記了這句話：

「國王陛下，我死後請找一個和我同樣美麗、同樣擁有一頭閃耀金髮的女人再婚吧。」

和皇后同樣美麗……這一點沒問題，不過要和皇后同樣擁有一頭金髮……公主並不是金髮。她遺傳到父王，是亞麻色頭髮，所以從一開始就被排除在候選名單之外。

皇后特地寫下這句遺言的意圖非常明顯，她用這種方式來詛咒他們兩人。她要將兩人的關係封印起來，對他們進行最殘忍的復仇。

然而，遺言自公開的那一刻起，便擅自流傳開來。宮中的人都聽聞了遺書內容，而且全都能夠一字不差地背誦出來。

從那天開始，國王陷入了苦惱之中。

皇后的喪期結束後沒多久，各國使者便紛紛前來給國王說媒。重臣們也積極地建議國王再婚。畢竟一國之君始終維持單身，並不是眾所樂見之事。

不過，國王本身對於公主以外的女性一點興趣也沒有。

「讓我進去，讓我進去吧，公主。」

明明皇后的喪期才結束沒多久，這天晚上國王又來了。不過公主將門牢牢鎖上，還把桌椅堆在門前，堅決不讓國王進房。

「我不能讓您進來。父王對於自己的罪孽之深，難道毫無恐懼之心嗎？您難道沒想過母后是懷抱著什麼樣的心情尋死的嗎？」

公主隔著門板泣訴道。

「我明白，妳想說的我都明白，可是我實在無法割捨對妳的感情。」

「……」

「妳忘了我的愛撫嗎？除了我之外，還有誰能夠讓妳幸福呢？還有誰能夠讓妳沉醉在如此深入的快感當中呢？」

「父王，您不覺得羞恥嗎？」

「隨便妳怎麼想都可以，妳要說我瘋了也可以，但我就是喜歡妳，就是愛妳啊。沒有妳，我一天也活不下去。」

父王隔天晚上也來，再隔天晚上也來。對於那份執著，公主沒有自信可以一直這樣拒絕父王到什麼時候。但就算是這樣，她也無法承受再犯下更深重的罪行了。

某天，在經過長久的苦惱後，公主決定前往一個偏遠的洞窟，拜訪替她起名的神仙教母。

「我該怎麼辦才好？父王希望我成為他的王妃。如果那種可怕的事情成真的話，這個國家會秩序大亂，失去國家的威信。搞不好還會讓鄰國找到藉口，順理成章地攻打過來。我到底該怎麼做才好……？」

「很簡單的，公主殿下。」

教母自信滿滿地答道。

「您就這樣向國王提出請求吧：求他賜給您一件如星辰般光輝璀璨的禮服、一件如月色般銀光四溢的禮服，和一件如太陽般金光閃閃的禮服，做為結婚的條件。

「國王再怎麼位高權重、富甲天下，都不可能有人做得出那些東西的。就算是國王，碰到這麼刁鑽的難題，肯定也只能打消結婚的念頭吧。」

聽完神仙教母的忠告後，公主立刻按照建議向國王提出請求。

沒想到國王卻回答：「小事一樁。」

國王立刻命令眾臣，去收集全國上下最纖細、貴重而稀有的線。

眾臣隨即快馬加鞭地向全國各地出發。使者造訪了所有工廠和店家，收購所有最貴、最高級的線，然後徹夜用紡織機織出布匹。

接著從全國各地召來著名的優秀裁縫師齊聚一堂。先由一流設計師將那些閃耀而柔軟的布匹裁剪開來，再交由裁縫師徹夜趕工縫製。
然後再召集一批技巧純熟的刺繡師傅，用金線和銀線在那些禮服上繡出最細緻而精巧的圖案。接著找來一批珠寶匠，替禮服鑲上滿滿的黃金、鑽石、藍寶石等珠寶。
於是，絢爛奪目的金色、銀色和星色禮服轉眼之間就完成了。當那些禮服送進宮時，連公主都不禁對那美得不可方物的成品讚嘆不已。
「我已經達成妳的願望了，接下來就只剩下決定婚期了。」

「……我到底該怎麼辦才好？」
束手無策的公主，再度垂頭喪氣地來拜訪神仙教母。
「父王達成了我的請求，他真的送給我一件如太陽般金光閃閃的禮服、一件如月色般銀光四溢的禮服，和一件如星辰般光輝璀璨的禮服。我的要求全部實現了。」
「既然如此，公主殿下，」神仙教母毫不遲疑地答道：「您這一回就要求國王賜給您一件用上千種毛皮縫製而成的斗篷吧。上千種毛皮可不是隨隨便便就能蒐集到的，必須從全國各地捕捉到各種野獸，再把牠們的皮剝下來才行。就算是國王，恐怕也束手無策吧。」

然而，這個請求也很輕鬆地完成了。國王下令全國所有獵人，將各地野獸一網打盡，並剝下毛皮獻給他。

由於官方公告上承諾會提供破天荒的高額賞金，因此所有對自己能力有信心的獵人都躍躍欲試。不久之後，各地獵場都有無數野獸遭到射殺，牠們的毛皮被剝下來，陸陸續續送進宮內。

於是，國王蒐集到上千種毛皮以後，隨即指派技藝純熟的工匠徹夜精心縫製，不久便完成了一件斗篷。

公主看見送到她面前的斗篷後，驚訝得啞口無言。

「……您只剩一條路可以走了。」

對於等待著她的命運感到恐懼的公主，將事情的來龍去脈告知神仙教母後，神仙教母嚴肅地說。

「請您假裝答應與國王結婚，讓他鬆懈下來，再假扮成其他模樣逃到宮外。想讓國王放棄，恐怕只剩這個辦法了。」

接著神仙教母又說：「請把您最重要的東西放進這個箱子裡，一起帶走吧。我把魔杖交給您，只要有這根魔杖，箱子就會隱藏在地底下，跟著您移動到世界各地。當您想要打開箱子時，只需用魔杖接觸地面，箱子就會立刻出現在眼前。

「此外，請您隨時將國王陛下為您訂製的獸皮斗篷披在身上。應該沒有人會想到，藏在如此醜陋、可怕的外皮底下的，竟然是一個這麼美麗的人吧。這會是您隱瞞出身必不可缺的工具。」

當晚，公主連夜收拾行囊。她將從前父王賜與她的一枚金戒指、一個小型金紡車，和父王為她訂製的三件禮服，全部裝進神仙教母給她的箱子裡。

接著她披上同樣是父王為她訂製的獸皮斗篷，用煤炭抹黑自己的臉和手腳，悄聲無息地溜出宮外。

公主不眠不休地一直走，不知不覺來到一座巨大的森林。一路走來滴水未進的她早已筋疲力盡，忍不住就在樹洞裡坐著睡著了。直到清晨破曉，太陽愈升愈高，她都遲遲未醒來。

在迷迷糊糊之間，公主感覺到周圍似乎有什麼騷動，於是她睜開眼睛，發現附近傳來幾個男人的聲音，那些人似乎在打獵。

獵犬好像聞到了公主的味道，還把樹洞包圍起來，頻頻吠叫。

「……怎麼啦，發現獵物了嗎？」

突然之間，一群男人蜂擁而至。公主縮瑟在樹洞中動也不動，但樹洞根本藏不住她的身影。那群人發現以後，便將公主拉出樹洞來。

「天啊，這是以前從沒見過的奇珍異獸耶。」

「這才不是動物，是女人啦。她身上披著奇怪的毛皮。」

「看她一身髒兮兮的。正好，把她抓回宮裡去吧。我聽說宮裡正在找打雜的女工，她長成這副德性，剛好適合。」

公主就這樣被押進馬車帶回宮裡。當然，那群男人根本想不到，這個髒兮兮的女人竟然是公主。

宮裡的人詢問公主來歷，她說自己被父母拋棄在森林裡，於是對方也不做多想，便留她下來在宮廷的廚房打雜。那些打雜的傭人替公主取了一個外號，叫「千皮獸」。

公主被安排睡在閣樓上陰暗狹窄的儲藏間內。從第二天起，在太陽都還沒出來的時候，她就被叫醒到廚房去幫忙。

搬柴、汲水、生火、清灶灰……全是她有生以來第一次，因此剛開始的時候，她總是笨手笨腳，只有挨罵的分，有時還會被人毫不留情地揍倒在地上。

大家都對這個外表髒兮兮的女孩不屑一顧，好像不管做得再過分都無所謂。

不過，即使面對再痛苦的事，公主都拚命咬牙忍耐。她再也不要回到父王的身邊，承受那些不堪的屈辱。她已經決定要與父王永別了。

剛開始的那段日子，她每天晚上回到房間都會暗自哭泣，但隨著日子一久，她也漸漸習慣那些粗重的工作。

每週唯有星期天是可以稍微休息的時候。早上完成一些瑣碎的工作後，公主就會回到自己位於閣樓的房間，緊緊關上門，打開那個箱子，拿出父王訂製給她的三件禮服。

她會擦掉臉和手腳上的汙垢，脫下獸皮斗篷，有時在身前比一比月色的禮服，有時是太陽色的禮服，有時則是星辰色的禮服。這時的公主和以前一樣美麗，依舊擁有雪白的肌膚、豐盈的秀髮和飽滿的玫瑰色嘴唇。雖然沒有鏡子，但木桶的水面上會倒映出她的模樣。她總是情不自禁地注視著自己的倒影，怎麼看也看不膩。

正因為擁有這種不為人知的樂趣，她才能夠勉強振作精神，應付那些折磨人的事，直到下一個星期天為止。

韶光荏苒，一晃眼幾年就過去了。公主還是在廚房打雜。即使身處在同一座宮殿之中，活在如此卑微世界裡的公主，可以說是完全沒有見到國王的機會。即使是同一座宮殿，兩人的世界也遠如天地之隔。

某個星期天，公主偷偷地試著禮服，並不時地陷入思緒中。過去那些日子感覺已經離她非常遙遠，父王現在過得怎麼樣呢？他還是孤身一人嗎？他會不會已經忘了我呢……？

當年公主下落不明的傳聞，也傳入她的耳裡。聽說國王派人四處打聽她的下落，卻始終沒有發現她的蹤影。除此之外，她還聽說國王陷入哀痛的情緒中，久久無法釋懷。

不過事情過去這麼多年，父王的傷痛應該已經復原了吧？還是他依舊心繫著她呢？

突然間，公主內心湧起一股衝動，想要確認一下父王的心意。

有一次，宮中舉辦華麗的宴會。聽說所有王公貴族齊聚一堂，是近期以來規模最盛大的一場宴會。無法壓抑內心那股好奇與迫切的千皮獸，懇求御廚讓她稍微上樓看一看。

「只要一下下就好，我只是想從外面看一看真正的舞會是什麼樣子。」

雖然當初御廚對公主很冷淡，但因為看她工作認真，所以最近對她的態度也愈來愈溫柔。御廚准許公主離開三十分鐘，但三十分鐘之後，她就得回來清灶灰。

千皮獸三步併作兩步衝回房間，脫掉獸皮斗篷，洗去臉和手上的煤灰。接著從祕密箱子裡拿出如太陽般金光閃閃的禮服，穿在自己的身上。

當千皮獸以這身打扮出現在宴會上時，所有人都以為她是來自他國的公主，自動為她讓出一條路來。國王很快就注意到她，並走上前來牽起她的手。

「多麼美麗的佳人啊，敢問您是從哪來的？」

在國王的邀請下，千皮獸欣然答應與他共舞。兩人跳起輕快的小步舞曲。那是千皮獸最擅長的舞步。曲終人散時，國王心醉神馳地左顧右盼，卻早已不見公主的身影。

她究竟消失到哪裡去了？一問之下，每個人都搖著頭說不知道。問城門的守衛，也說沒看到那樣的女子離開。

千皮獸急急忙忙衝回房間，脫下禮服，重新在臉和手上塗抹煤炭，然後披上獸皮斗篷。

當她回到廚房準備清灶灰時，御廚對她說：

「那個明天再弄就可以了，現在先做要給國王喝的湯。我也上去看一下好了。妳可別不小心把頭髮什麼的掉進湯裡喔，萬一發生那種事情，妳應該知道會有什麼下場。」

御廚離開後，千皮獸大展廚藝，精心準備要給國王喝的湯。

然而就在這個時候，千皮獸不曉得著了什麼魔，竟跑回房間拿出她的小金紡車，然後撲通一聲丟進剛煮好的湯裡。

國王毫不知情地喝著下人端上來的湯。今天的湯比平常美味許多。全部喝完以後，他看見盤底有一個小小的金紡車。

「……這是怎麼回事？」

國王勃然大怒，命令下人把御廚叫上來。御廚聽見國王的傳喚，嚇了一大跳，心想千皮獸是不是犯了什麼不該犯的錯。

「千皮獸，妳該不會把頭髮掉進湯裡了吧？要是真的有那種事，後果妳可是知道的。」

國王見御廚在他面前俯首磕頭，劈頭就問今天的湯是誰做的。

「是小的做的。」

御廚故作鎮定地說。

「不對，味道和平常不一樣，今天的湯特別好喝，憑你的手藝煮不出那樣的美味。」

「陛下饒命，其實這是我手下一個女僕做的。」

在國王的命令下，這一回輪到千皮獸被傳喚上來。

「做那碗湯的人就是妳嗎？」

千皮獸從頭到尾一直低著頭跪伏在地上。

「妳是什麼人？」

「我只是個無父無母、孤苦無依的女孩而已。」

「湯裡的金紡車是怎麼回事？是妳放進去的嗎？」

「我不知道，我從沒看過什麼金紡車。」

千皮獸從頭到尾都裝作不知情，最後好不容易獲准從國王面前退下。緊張與激動的情緒令她全身顫抖。

為什麼要做那樣的事呢……？連她自己也不明白自己的心情。難道她想藉由放進金紡車來引起父王的注意嗎？難道她期待父王看到以後會想起自己嗎……？

愚蠢至極，明明早已暗自發誓要放棄父王了，難道她的心裡還沒有真正放棄父王嗎？千皮獸內心十分懊惱。

一個月後，宮中再度舉辦宴會。被每日繁重工作折磨得憔悴不堪的千皮獸，與前一回一樣央求御廚讓她上樓去看一看。

「只要一下下就好，我想去看看宴會的樣子，就算只能從外面張望一下也沒關係。」

「妳要去是可以，但三十分鐘後就要回來準備煮國王喜歡喝的麵包湯喔。」

不知從何時開始，千皮獸做的湯成了國王的最愛。

千皮獸衝回自己的房間，匆匆忙忙擦掉全身上下的煤炭，這一次她從箱子裡拿出如月色般銀光四溢的禮服換上，瞬間變成判若兩人的美麗公主。當她以這身打扮出現在宴會上，國王一眼就注意到她，快步湊上前來。

「妳是上次那位公主。妳知道我有多渴望再見到妳嗎？」

國王高興得全身顫抖，伸手邀約千皮獸共舞。音樂聲即時響起，千皮獸在國王的帶領下翩翩起舞。

太像了……簡直與我離家出走的女兒一模一樣。國王一邊心想，一邊盤算著待會一定要向女孩親自確認。然而，一曲結束後，當國王回過神來，才發現女孩早已消失得無影無蹤。

這一次同樣沒有人知道她跑去哪裡。這也是當然的，因為公主已經跑回房間，迅速脫下禮服，披上髒兮兮的獸皮斗篷，開始替國王煮湯了。

這一回，國王喝完她做的湯以後，再度發現盤子裡面有一枚金戒指。國王從來沒有忘記，那是他從前送給愛女的禮物，上面還刻著「永遠的愛」幾個字。為什麼那枚戒指會在這裡……?!

國王立刻傳喚御廚前來問話。御廚說湯是上次那個髒兮兮的女孩做的，於是國王又馬上傳喚女孩上來。

「是妳把這枚戒指放進湯裡的嗎？」

「戒指……？」

千皮獸搖了搖頭，裝作毫不知情的樣子。

「我看都沒看過那種東西。我只是個貧窮的孤兒，根本不可能有什麼戒指。」

國王目不轉睛地盯著女孩看。不過他怎麼看，也不可能在這個披著骯髒毛皮、臉和手都沾滿黑色煤炭的女孩身上，看出愛女的影子。

結果拚命佯裝不知情的千皮獸，再度獲准從國王面前退下。

這枚戒指是國王送給愛女的戒指，象徵著永遠的愛，所以他一輩子也不可能會忘記。公主是不是在這座宮殿的某個地方呢？她該不會已經回來了吧？

國王心中對公主的愛不僅沒有消失，反而更加濃烈。自從公主失蹤後，國王便深深陷入悲傷的情緒中，整天茶不思、飯不想。

然而，唯有這碗湯讓他喝得津津有味。至於為什麼會這樣，國王自己也不知道。因為他做夢也沒想到，這碗湯竟然是心愛的女兒為他熬煮的。

無論如何他都要找到公主，即使用盡各種手段也在所不惜……

「我決定再婚。」

周圍的人聽見國王的宣言都感到滿心歡喜。國王陛下終於下定決心再婚了。只要能夠迎娶新的王妃，這個國家肯定會再度繁榮起來，國民對於一國之君也會更加敬畏吧。更重要的

是，自從公主殿下失蹤以來，國王陛下始終悶悶不樂，這樣應該就能從嚴重的憂鬱症中振作起來了吧。

但這樣的歡喜並未持續多久，因為國王開出的條件實在太強人所難了。他說他要再婚的對象，必須能夠戴上那枚在湯裡面發現的金戒指。

這是國王尋思許久後才想出來的計策，因為唯有如此，他才能夠找到自己心愛的公主。朝中重臣雖感疑惑，但國王一言既出，大家也只好聽令行事。

全國各地立刻貼出布告，所有認為捨我其誰的女孩爭相來到宮廷。無論貴族或平民，也無論環肥燕瘦，上門者千差萬別。

第一批接受審查的是伯爵、侯爵、男爵或子爵的女兒，以及部分寡婦。她們一個接一個地依序來到審查員面前，並伸出手指試戴指定的戒指。

不過，全都空歡喜一場。當中雖然有身材纖細苗條的女孩，但由於戒指實在太小了，因此不管她怎麼硬塞，還是塞不進去。

消息很快就傳開了，那些認為捨我其誰的女孩，為了讓手指套得進戒指裡，簡直是煞費苦心。反正只要能戴上戒指，就能夠飛上枝頭變鳳凰了。

有的女孩以為只要纏起手指，指頭就會變細，所以找來粗糙的棉布，一圈一圈緊緊纏繞在手指上；有的女孩把手指泡在號稱能夠讓手指變細的液體裡，一泡就是好幾個小時，結果手指不僅沒有變細，反而嚴重脫皮。

此外，有的女孩竟然想也不想，就用刀片割下手指周圍的肉。當然，到最後手指只是結痂化膿，隱隱作痛，更別說要把戒指戴上去了。各地陸續冒出詐騙分子，聲稱自己知道如何讓手指變細，藉此從愚笨的女孩或她們的父母身上騙取大量金錢。

反正先想辦法戴上戒指就是了，以後的事情以後再說……大部分被野心沖昏頭的女孩，內心都打著這樣的如意算盤。

第二批接受審查的是平民的女兒，包括富有的商人、醫師、律師或學者的女兒。當中雖然也有手指看起來很細的人，但可惜的是，這一回同樣沒有半個人戴得上戒指。

當所有能試的人都試過以後，最後一批接受審查的，就是女傭、女裁縫、侍女或宮女了。由於平日工作吃重，大部分人都有一雙乾燥粗糙、骨節突出的手。當中雖然難得會出現幾個手指美麗纖細的人，但還是無法戴上戒指……

「沒有其他人了嗎？」國王焦急地問，「這個國家的年輕女子全都試戴過了嗎？」

所有人面面相覷，不發一語。此時，突然有人叫了一聲。

「對了，那傢伙還沒……」

「那傢伙是誰？」

「千皮獸，她是在廚房打雜的。」

在場的人面面相覷，接著不禁失笑。千皮獸？那個髒兮兮的女孩？

「有何不可？總之不能放過任何一個例外，去把那女孩帶上來。」

國王的命令讓眾人不知所措。

「她只會惹惱國王陛下而已，實在不配戴這枚高貴的戒指。」

「不管她有多骯髒，女孩就是女孩。我不容許放過任何一個例外，馬上去把人給帶來。」

——我究竟在做什麼啊？我為什麼要做出那種事呢？

千皮獸喃喃自語著。

她接連兩次穿上父王為她訂製的禮服，出現在父王的面前。還把父王送給她的戒指和紡車丟進湯裡，攪亂父王的心緒。

明明早在很久之前就拋棄了父王，捨棄了身為公主的生活，她究竟想做什麼啊？

難道她想在父王的心中激起漣漪嗎？想確認父王是不是還沒忘記她嗎？

父王有注意到她發出的訊息嗎？父王有再次開始尋找她的蹤跡嗎？千皮獸內心充滿掙扎，一方面希望事情如她所盼，一方面又不願看到情況如此發展。

她不能再繼續擾亂父王的心緒了，她必須悶不吭聲地躲藏起來，不讓任何人發現才行，畢竟她已經如願見到父王一面，也已經親眼確認父王還是像以前一樣健康無虞，她必須要就此滿足才行……

這時，走廊上突然傳來一陣慌忙的腳步聲，逐漸朝這裡靠近。

「千皮獸、千皮獸！」

是御廚的聲音。

「聽說國王陛下在傳喚妳，妳最好馬上過去。」

究竟是什麼事呢？千皮獸滿心疑惑。她今天並沒有替國王陛下煮湯，所以當然也沒有在湯裡加入任何可疑的線索，國王陛下應該不會有事找她才對啊！

在眾人目瞪口呆的注視下，千皮獸戰戰兢兢地出現了。看到她披著骯髒的獸皮斗篷，臉上和手上還沾滿煤炭，所有人都忍不住地笑了起來。

想知道事情會如何發展而前來看熱鬧的貴族，爭先恐後毛遂自薦的女傭、宮女、女裁縫、侍女，還有負責幫她們試戴戒指的人……

候選的女孩們一看到千皮獸就皺起眉頭。事實上，她們內心莫名鬆了一口氣，彷彿放下胸口的大石，因為即使她們再怎麼貧窮，也不至於如此骯髒。

這些人究竟為什麼會聚集在這裡呢？究竟會發生什麼事呢？千皮獸一邊惴惴不安地思考著，一邊戰戰兢兢地來到國王面前。

「……只剩下妳一人而已了，千皮獸。」

國王嚴肅地開口說道。

「所有人都試戴過了，還沒試的只剩妳一人而已。」

說完，國王拿出她之前丟進湯裡的那枚戒指。千皮獸大吃一驚，當場轉頭想跑，但周圍的大臣立刻架住她，不讓她離開。

「妳為什麼要逃？妳在怕什麼？」

「沒、沒有，我什麼也……」

「我只是要妳試戴這枚戒指而已，又不是要強迫妳做什麼不合理的事。」

「請饒恕我吧，國王陛下。」

千皮獸嚇得渾身發抖，不由得在斗篷底下緊緊握住雙手，但周圍的男子立刻把她架住，強硬地伸手探進她的斗篷中，把她的手抓出來。

千皮獸只能任憑他們粗魯對待，完全無力抵抗。

「好了，快戴上這枚戒指吧，千皮獸。」

沾滿煤炭的手眼看就要被套上戒指了，千皮獸站在原地瑟瑟發抖，沒想到……那枚戒指戴在她髒兮兮的手指上，竟然剛剛好。

周圍頓時一陣騷動。

怎麼會這樣？前面幾十、幾百個人試戴過，都沒有一個成功的，怎麼偏偏就這髒兮兮的女孩，戴起來剛剛好呢？

國王也看得目瞪口呆，好一會兒才回過神來，頒布下一個命令。他立刻派人帶千皮獸去梳洗乾淨，把她打扮得人模人樣以後，再帶回他面前。

他們把公主帶去浴室，脫掉千皮獸的外套，在浴池裡替她清洗身體。然後他們替她梳整頭髮，再讓她換上絲綢洋裝。
於是，最後被帶到國王面前的人，是誰呢？毫無疑問地，就是幾年前消失不見的愛女。
「真的是妳！」
國王的興奮之情溢於言表。
「妳就是那個兩次出現在宴會上，跟我跳完舞以後就消失的女孩嗎？我就覺得她有一點像妳。妳知道我找妳找得有多辛苦嗎？妳知道我有多想妳嗎？我心裡始終只掛念著妳一人而已。」
「父王……」
兩人緊緊相擁。連原本在旁看得目瞪口呆的眾人，都不禁感動得頻頻拭淚。
奇怪的是，這原本應該是一段父女久別重逢的美好相遇，一切都應該是一段佳話才對，然而……
「我的心意從未改變，我要娶的人只有妳而已，所以才會到現在都沒有再婚。」

噩夢再度上演。儘管公主苦苦央求國王網開一面，但在國王的一聲令下，眾人隨即開始籌備婚禮。即便遭到來自宮中的多方指責，國王還是不為所動。

「怎麼辦？我到底該如何是好……？」

距離婚禮的日子愈來愈近，公主傷透了腦筋。她不想讓父王犯下更嚴重的罪行，她自己也不願再受到深深的罪惡感折磨。

國王替公主訂製的婚紗也完成了。繼太陽般金光閃閃的禮服、月色般銀光四溢的禮服，和星辰般光輝璀璨的禮服之後，這一回他準備的是如雪一般純白的婚紗。

這件用白雲般無比細緻的線所織成的婚紗，上面布滿從東方進口的貴重珍珠，如今正小心翼翼地被掛在衣物間等待大喜之日的來臨。

有時公主會來到衣物間，出神地盯著這件婚紗看。在一般情況下，這應該是為了一輩子最幸福的日子而準備的，但對公主而言，這卻是為了讓她成為活祭品的那一天所準備的。

即使如此，她依然無法抵擋誘惑，伸手拿下婚紗在鏡子前比對一番。雪白的婚紗……將擁有絕世美貌的公主襯托得更加超凡脫俗，幾乎不像是這個世界上會存在的生物一樣。

公主凝視著鏡中的自己。這時，一道淚水突然滑落她的臉龐。

「父王深愛著我。」

她多麼渴望有那麼一天，她多麼期待那一天的到來，其實她心裡也……

雖然公主一開始是遭到國王暴力侵犯，但她發現自己早在不知不覺之間，無法自拔地愛上了自己的父親。

但那是不被允許的愛戀，那是一段永遠不被允許的愛戀啊！

輾轉難眠的公主，趁著深夜偷偷溜出寢室，在城裡漫無目的地晃蕩。一回過神來，她才發現自己不知不覺來到地下室的廚房。深夜的廚房空空蕩蕩，沒有半個人影。

令人懷念的廚房。掛在牆上的大銅鍋、砧板、菜刀、水桶，還有那爐灶，以及積了一層煤炭和油汙的天花板、牆壁、地板……所有的一切都令人懷念。幾天之前，她還在這裡被御廚們使喚來使喚去的呢。

不過，以前不管遭到虐待或是任何不人道的對待，至少她的內心是平靜的。

自從再次見到父王及恢復公主身分的那一刻起，她的內心就又開始騷動不安，痛苦彷彿沉重的汙泥般一湧而上，強烈摧殘著她的身心。

因為，她深愛著父王，而父王也深愛著她，他們將一輩子負罪而活。

這時，公主注意到廚檯牆壁上掛著一排菜刀。那些菜刀在昏暗之中發出眩目的光芒，彷彿有股力量正在召喚著她。

既然得永遠背負著令人髮指的罪行而活，何不乾脆放棄生命算了？

當然，公主也知道自殺是一件罪孽深重的事，但她已經沒有更多的力氣在這個世界上苟延殘喘了。

請原諒我，父王。還有母后，孩兒這就去與您相會了。

公主恐懼不安地朝著掛在牆上的菜刀伸出手，那隻手不停顫抖著。

公主倒臥在血泊之中，鮮血從她的手腕汩汩而出，身旁掉落著一把菜刀。雖然公主沒留下遺書，但全宮廷的人都心知肚明，她是為了逃避那躲不了的命運才尋死的。

強烈的打擊讓國王幾乎精神失常，終身未再娶新的王妃。

母女兩人先後自殺……幾年以後，這座被鮮血染紅的宮廷便遭到鄰國入侵，步上亡國的命運。

✦初版的驚人結局

——「如果我死後，您想再婚的話，請找一個和我一樣美麗，一樣擁有金髮的女性吧。」美麗的王妃留下遺言後，便黯然離世。

失去妻子的國王突然注意到，親生女兒和死去的妻子一樣擁有絕世美貌和一頭金髮（本書將公主的髮色設定為亞麻色），便表明希望娶公主為妻。宮中眾臣和公主本人都大吃一驚，公主雖然強烈抵抗，卻毫無用處，最後便決定披上父親做給她的千獸皮斗篷，逃出城外——

到這個部分為止，初版和現行版的故事情節都一樣。但在現行版的結局是：「公主度過了一段流浪的生活，輾轉來到某領地國王的城堡當僕人，然後在一段迂迴曲折之後，該國國王對她一見傾心，兩人結為連理。」

令人意外的是，在初版的故事當中，公主打雜的地方竟然是應該已經分開的父王的城堡，而且後來公主結婚的對象就是她的父王。

公主成為僕人以後，她自己的行為也很令人疑惑。她明明早就該放棄父親才對，卻又趁著在廚房替父王（此處為國王）煮湯時，故意在湯裡放進以前父親送她的金紡車及金戒指，想藉此吸引父親的注意。

公主到底在想什麼呢？想讓她早已放棄的父親再次想起她嗎？這個部分，或許可以解釋為……女人心海底針令人難以捉摸。

✦〈沒有手的姑娘〉

格林童話中有兩篇亂倫的故事：〈千皮獸〉與〈沒有手的姑娘〉。

在〈沒有手的姑娘〉當中，貧窮的磨坊主人在森林裡遇到一個老人（實際上是惡魔），老人對他說：「只要把你家水車磨坊後面的東西給我，我就讓你變成有錢人。」水車磨坊後面是一棵老蘋果樹，磨坊主人心想這有什麼問題，便與惡魔簽訂契約。

然而，當三年後惡魔來拿取他要的東西時，磨坊主人才知道，原來惡魔想要的不是蘋果樹，而是當時剛好在蘋果樹下打掃庭院的那個女孩，也就是磨坊主人最心愛的女兒。磨坊主人在惡魔的要求下，將不停哭泣的女兒的雙手砍了下來，但由於女兒的淚水洗淨了她的身體，因此她最後還是幸運地從惡魔手中逃過一劫，只是她說自己沒辦法繼續待在這裡了，於是便背著被砍下來的雙手離家出走。

雖然這篇故事並未明確交代女兒離家出走的原因，但事實上，在格林兄弟蒐集到的另一篇類似的故事當中，卻有這麼一段令人意外的情節：女兒之所以離家出走，其實是因為她拒絕父親的逼婚，所以遭到父親親手砍下她的雙手和乳房。

在《格林童話與其背後隱藏的訊息》中介紹這篇故事的瑪麗亞．塔塔爾（Maria Tatar）說：「這篇故事並沒有出現惡魔，少女的父親是唯一呈現出惡魔形象的人物。」最後由於格林兄弟討厭這種與父親亂倫的情節，因此便將內容代換成與惡魔簽訂契約。

✧歷史上的亂倫

在現代人的眼中，亂倫是一種很反常的行為，但其實歷史上的亂倫現象絕對不在少數。

舉例而言，在古埃及托勒密王朝的十三名法老當中，就有七人與姊妹結婚。著名的埃及豔后也在十七歲的時候，與九歲的弟弟結婚。

以王族的例子而言，近親結婚最主要的目的，應該就是為了避免財產被瓜分，並維繫純正的貴族血統。

亂倫之所以會遭到禁止，主要是因為假如夫妻倆擁有共同的祖先，則兩人同時擁有同一種缺陷基因的機率很高，生下來的嬰兒發生畸形的機率相對比較高。

不過，愈是遭到禁止的事，反而愈讓人躍躍欲試，這是人類的習性，歷史上發生過很多亂倫的案例，例如暴君尼祿與他的母親小阿格里皮娜（Julia Vipsania Agrippina）、義大利暴君凱撒·波吉亞（Cesare Borgia）與他的妹妹魯克蕾齊亞·波吉亞（Lucrezia Borgia）、英國詩人拜倫（Lord Byron）與他同父異母的姊姊奧古斯塔（Augusta Leigh）等。

以亂倫為題材的名作也很多，例如希臘神話的伊底帕斯王與母親的關係、《聖經》中的羅得與他的兩個女兒、尚·考克多（Jean Cocteau）的《可怕的孩子》（*Les Enfants Terribles*）、托馬斯·曼（Thomas Mann）的《被挑選者》（*Der Erwählte*）等。日本情慾女作家內田春菊以犧牲在繼父性暴力底下的女兒為主角的《Father Fucker》也令人記憶猶新。

提到亂倫，最有名的還是十六世紀義大利倩契一族的亂倫事件了。弗朗西斯科·欽契（Francesco Cenci）是一個出身貴族世家、牛性放蕩出了名的男人，他愛上自己美麗的女兒碧翠絲・欽契（Beatrice Cenci），並且玩弄她的身體。

對此懷有強烈恨意的碧翠絲，最後與對她有好感的管家，以及圖謀父親遺產的哥哥們聯手，殺害了自己的父親。結果碧翠絲等人遭到逮捕，並在一番嚴刑拷打後被判處死刑，據說行刑當天各地的義大利人都跑來湊熱鬧，想親眼瞧一瞧這個可媲美天使的二十二歲女性的美貌。

✵〈驢皮公主〉

根據《格林童話世界》作者高橋義人所述，在流傳於全世界的「灰姑娘」類型故事中，很多都有主角披著動物毛皮逃跑的情節。高橋義人所介紹的法國民間故事「皮姑娘」情節如下：

一個額頭上有星星胎記的母親去世了。母親臨死前交代丈夫，希望他能夠與像她一樣額頭上有星星胎記的女性再婚。丈夫某天突然想到自己的女兒額頭上正好有一個星星胎記，便打算與女兒結婚。

女兒來到母親的墳前哭訴，並且聽從亡母的忠告，殺死一頭公牛，從牠的骨盆中取出一顆小金球（只要有這個就能實現願望），然後剝下牛皮披在身上。

女兒以這副裝扮四處流浪，最後來到某座城堡前，被該城堡的王子雇用為牧鵝女，大家都叫她「皮姑娘」。她對著從牛骨盆中取得的金球許願，獲得了一件美麗的禮服後，便前往參加舞會。

王子愛上了與他共舞的那位姑娘，想要追上她的腳步，卻苦尋不到人。後來的情節就和〈千皮獸〉一樣，皮姑娘在她為王子製作的食物當中，加入王子送她的戒指，最後王子發現她就是那場舞會上的美麗姑娘，便與她結為連理。

其實法國童話作家夏爾．佩羅（Charles Perrault）有一篇童話叫〈驢皮公主〉，也是與〈千皮獸〉類似的故事。

在這則故事中，王宮裡飼養著一頭驢子，這頭驢子進食後會排出各種金銀財寶，而公主為了讓父王放棄與她再婚，便要求父王用那頭驢子的皮做成大衣給她。

然後就和千皮獸一樣，國王完全沒有因此放棄和公主結婚。於是，為了躲避父王的欲望，公主逃出城外，逃到某個佃農家當廚房的傭人。某天，該國王子到附近打獵，對女孩（公主）一見鍾情。

愛上女孩的王子希望公主替他親手烘焙蛋糕。女孩偷偷在精心製作的蛋糕裡，放入她原本戴在手上的昂貴戒指。王子看到戒指大吃一驚，一心想要抱得美人歸，便宣告說要與能夠戴上這枚戒指的女孩結婚。

全國上下不管是貴族的女兒、平民的女兒、女傭或宮女，所有階級的女子都為了試戴這枚戒指而來到宮裡，不過沒有任何一個人能夠剛好戴上這枚戒指。結果最後被叫來試戴的，也就是在廚房幫傭的那個蓬頭垢面的女孩，竟然是唯一能夠戴上戒指的人。當然，王子和公主最後終成眷屬，過著幸福快樂的日子。

這樣看下來，無論是〈驢皮公主〉或〈千皮獸〉，顯然都屬於典型的「灰姑娘」類型故事。簡而言之，「灰姑娘」當中的玻璃鞋，就是這些故事裡的戒指。

根據高橋義人所述，在典型的灰姑娘類型故事中，主要有「繼母型」（繼母虐待灰姑娘）與「被迫結婚型」（父親向親生女兒灰姑娘求婚），而在英國民俗學家瑪麗安·

柯克斯（Marian Roalfe Cox）於十九世紀蒐集的三百四十五篇灰故娘故事中，前者共有一百三十篇，後者共有七十七篇。

✦父王的獨占欲

專攻德國文學且著有《令人毛骨悚然的格林童話》的金成陽一在書中寫道，即便王妃在遺言中交代國王與和她一樣美的對象再婚，但美醜其實是很主觀的感受，說不定在國王看過的新娘候選人當中，也有比亡妻更美的人。然而在國王眼中，唯一能與王后匹敵的卻只有自己的女兒，這是否表示國王從以前開始，就對自己的女兒懷有愛慕之情呢？

「國王內心深處恐怕從一開始就認為，在王后過世以後，再也不會有其他女性比自己的女兒更美了吧。然後，他可能在發現自己內心懷有這種不可告人的感情後，利用王后的遺言對本來應該打消的念頭賦予正當性，為了實現自己的渴望而採取行動。」──（擷自《令人毛骨悚然的格林童話》）

按照金成陽一的說法，王后的遺言反而點燃了國王對女兒的戀情，讓他找到一個賦予其正當性的藉口。從女兒的角度來看，肯定是一件相當困擾的事吧。

此外，金成陽一更分析道，隨著女兒一天天長大，父親開始監視注意她的行動，不讓壞男人接近她，若這樣的行徑愈來愈激烈，也有可能發展成亂倫的感情。

的確，父親想要獨占女兒的心情，想要一輩子將女兒綁在身邊、不讓她嫁人的心情，或許有一點像是面對戀人時的獨占欲。

不過在正常情況下，父親會將這種罪惡感深重的感情徹底隱藏起來。然而，〈千皮獸〉的父親卻反其道而行，反而打算正式與女兒結婚。當一國之君採取這種行徑時，臣子們會擔心國家滅亡也是理所當然的事。

金成陽一提出這樣的分析：孩子原本應該在父母的庇護下成長茁壯，如今卻成為父親發洩慾望的對象，這樣的孩子心中會感到多麼不安與絕望，恐怕只有經歷過的人才能夠體會。

「對孩童而言，父母是唯一的庇護者。而原本應該扮演這種角色的父親，卻逼迫女兒接受她不想要的關係，想必女兒心中一定感到絕望。

「對孩童而言更可怕的是，拒絕父母的要求後，萬一傷害到父母的感情，結果可能導致父母生氣，反而對孩童提出更過分的要求。（中略）

「正因如此，即使父母提出再過分的要求，孩子都會盡可能達成，就算是自己做不到的事，也會試著努力做給父母看。即使要求的內容太不合理，不合理到不想努力的程度，還是會刻意表現出順從父母要求的『樣子』，以免惹父母生氣，孩子這種努力迎合的心理，應該可以充分想像得到吧。

「被親生父親逼迫『結婚』的〈千皮獸〉公主，內心或許也有過同樣的心情吧。」

（擷自《令人毛骨悚然的格林童話》）

II

夜鶯與玫瑰

The Nightingale and the Rose

在沒有回報的
愛情中凋零的少女

為了他，死不足惜——
貧困少女為了心愛的青年
千方百計想取得紅寶石戒指。
那是她火紅而炙熱的愛的形式。

*

選自奧斯卡．王爾德（Oscar Wilde）的故事少女的母親是一名裁縫。儘管家裡一貧如洗，屋內卻總是堆滿客人指定的各色布料，不過這些昂貴的布料全都屬於別人，從來就與這對貧窮的母女無緣。

由於母親抱病在身，因此當母親無法工作時，少女會一早出門叫賣以貼補家用，每天站在花店門口從早上工作到傍晚。

但花的銷量總是不如預期，客人還會對看似好欺負的少女處處挑剔、頤指氣使。雖然這份工作對這個涉世未深的稚齡少女來說相當吃重，但她從來不曾喊過一聲苦。

傍晚花店關門後，少女終於可以踏上回家的路。她會順道前往這個時間還開著的店家，從當天的薪水撥出一部分，幫身體羸弱的母親買水果，或是營養充足的蛋或肉。

買完以後，她會興沖沖地趕回家裡。

「……妳一直醒著嗎？身體沒問題嗎？」

少女見到母親下床來，坐在縫紉機前縫製客人訂製的洋裝，不免擔心地問。

「真的沒關係嗎？妳這樣勉強，萬一病情再惡化……」

「放心啦，放心。我今天狀況還不錯。」

母親為了讓少女放心，對她露出虛弱的微笑。

「這布料好美喔，是塔夫綢嗎？」

少女來到母親身旁坐下。這塊布料上繡滿精緻的刺繡花紋，連少女也看得出來它的價值不菲。

淺玫瑰色的洋裝，大膽鏤空的肩膀上繡著可愛的花邊。腰際緊緊收起，用裙撐撐起的蓬裙幾乎快拖到地面上。

「這是之前那位大小姐訂的吧？」

少女立刻想起那個人，就是住在離這裡有段距離的高級住宅區，某幢豪邸裡的大小姐。

媽媽替那位大小姐縫製洋裝已經好幾次了，每一件都是布料昂貴，而且縫滿花邊或緞帶的華麗蓬裙。

那位大小姐肯定很喜歡跳舞。連少女都知道那幢豪宅經常舉辦舞會，幾次經過豪宅前面時，都看到門廊上停著幾輛馬車，人人盛裝打扮，人潮絡繹不絕。

窗內可見亮晶晶的水晶吊燈，男男女女隨音樂翩然起舞的剪影，就像投影戲一樣若隱若現。不過那對少女來說，是一個非常遙遠的世界。

「這件洋裝要是穿在妳身上，肯定不比她遜色。」

媽媽停下縫紉的手，抬頭看著女兒嘆了口氣。

「妳過來這裡，站在鏡子前看看。」

少女按照媽媽的指示，疑惑地走到鏡子前。只見媽媽站起身來，輕輕將剛做好的洋裝拿到她身前比對一番。

「妳拿著衣服，轉一圈給我看看。」

真不像平常媽媽會說的話。她平常絕對不會讓少女碰客人訂製的洋裝，因為萬一不小心沾上汙漬或勾破就麻煩了。

不過少女還是按照媽媽的指示，將洋裝拎在胸前，對著鏡子轉了一圈。雖然少女自己並不清楚，但鏡子裡的她跟原來的她判若兩人。

「果然跟我想的一樣，妳比那位大小姐更適合這件洋裝。」

「摸起來好舒服喔，這布料一定很高級吧？」

少女嘆了口氣。在她們不知道的地方，有人正穿著這樣的洋裝過生活。每天穿著如此華麗的洋裝，過著不斷辦舞會的日子。

「……其實妳應該也能過上那樣的生活才對。」

媽媽的眼眶突然泛出淚水，為了不讓眼淚滴在上面，她趕緊把洋裝收緊在身側。

「如果妳爸爸還活著就好了，如果妳爸爸沒有投資那樣的事業就好了。」

爸爸在朋友慫恿下投資事業失敗，他過世後留下的高額債務，讓母女倆經濟窘迫。

為了償還爸爸遺留下來的債務，為了維繫母女兩人的生活，從此以後媽媽便拚死拚活地工作。她的身體之所以變差，說起來都是因為過度操勞的緣故。

「我替別人縫過數也數不清的洋裝，卻沒能替我唯一的女兒縫上一件這樣的洋裝。這麼高級的布料，終究不是我們負擔得起的東西。」

「媽媽怎麼又開始講這些了。」

少女笑了笑，試圖輕鬆帶過。

「妳每次都在講這些話，但我又不想要這樣的洋裝。」

少女絕不是在逞強。

雖然在這間家徒四壁的閣樓裡，少女與媽媽兩人的生活過得極為樸實、貧窮、單調，但她卻深愛著這樣的生活。儘管她們母女無依無靠，彼此卻緊緊相依。

在母愛灌注下長大的少女，擁有一顆純淨無瑕的心靈，那裡沒有任何空間容得下羨慕或嫉妒他人的醜陋情感。少女是如此地幸福，擁有母親不求回報的愛。

「我今天要做一頓好吃的給妳喔，妳一定要充分攝取營養，趕快好起來才行。」

少女穿上圍裙走向廚房，刻意露出明朗的微笑。

「總有一天……」媽媽的聲音從房間另一頭傳來，「我一定會替妳縫製一件最完美的洋裝，也就是妳成為新娘的那一天，到時候我一定會使出看家本領，為妳縫製一件婚紗，讓妳成為全世界最美麗的新娘。」

媽媽幻想著女兒披上婚紗的模樣，眼眶再度泛起一層淚光。

「不知道我能不能活到那一天呢？好想活到那一天啊，媽媽無論如何都想親眼看看妳穿上婚紗的樣子。」

「媽媽真是的，我才不會跟任何人結婚呢。」

少女內心隱隱覺得，這世界上才不會有人想要娶她這種窮人家的女孩為妻，況且她還有一個有病在身的媽媽，但這種話她絕對不可能對媽媽說出口。

然而，少女終究還是遇到了她的戀人。對方是一個窮學生，住在沒有暖爐的宿舍裡，他總是就著油燈微弱的光線，整天埋頭寫小說。這名青年的口頭禪是，我總有一天要成為知名的作家。

「我一定會出名的。總有一天，我要讓書店門口都堆滿封面印有我名字的書。我會為了那一天的到來堅持下去。」

青年的腦海中充滿各式各樣的夢和幻想，並用筆在稿紙上縱橫馳騁。少女覺得這一切簡直就像奇蹟一樣。

青年筆下的文章充滿詩意。雖然少女什麼也不懂，但她十分傾心於他用那魔術師般的手，寫出具有魔力的華麗詞藻。

夜裡，少女會謊稱要去買東西或去朋友家，然後瞞著媽媽氣喘吁吁地跑到青年的宿舍，親手煮飯給對方吃。

少女知道青年身無分文，常常三餐不繼，所以即使只是一些粗茶淡飯，青年還是很高興她用心為他親自下廚。

少女喜歡看青年吃得津津有味的樣子。那一瞬間，她感覺到無以言喻的幸福。

「我愛妳，我一定會讓妳幸福的。」青年呫囁道。

少女輕輕靠在青年的胸膛，閉起眼睛。光是這樣在一起就很幸福了。她覺得這段關係，好像在她與疾病纏身的媽媽無人聞問的貧困生活中，頓時點亮了一盞微弱而朦朧的燈。

「等我成為作家以後，一定會出錢幫妳媽媽治病。」青年說，「所以，不管再辛苦都要撐下去喔，我也會替妳加油的。」

青年說話總是如此溫柔，少女不禁感動得熱淚盈眶。

不過，青年好幾次把原稿寄到出版社，最後都被退了回來。少女看過好幾次青年因為失落而自暴自棄的樣子。

「這個世間不認同我這樣的風格。這個世間只講求現實主義，甚至說我的文字只是一文不值的空想，還說我不可能靠創作這樣的東西吃飯，叫我寫一些更實際、對社會更有用的作品。」

青年不甘心地搔著頭髮。看見他如此絕望，少女也心如刀割。

兩個活在貧窮之中的樸質靈魂，卑微地相互依偎著。不過幸福與榮耀一向只會降臨在條件豐沛的人身上，從來不曾光顧這種不起眼的角落，連上天也不會顧盼這些窮困的人們。

不過，真的是這樣嗎？青年勾勒出來的夢想世界明明如此絢麗。青年腦中明明具備如此輝煌奪目的才華，縈繞著如此豐富的幻想……

他明明那麼努力想讓世間認同他的才華，不顧一切地朝現實世界伸出手，為什麼還是被不留情面地一腳踢開呢？

「不要灰心，大家總有一天會看到你的才華的。」

她知道的，她可以想像有那麼一天，青年會戴上耀眼的勝利冠冕，在榮耀之中迎來專屬於他的開場樂曲。

所以，儘管為了那一天的到來繼續創作吧。

「到頭來一切都還是得靠背景吧。」

青年開始說些喪氣話。

「說來說去，不管去到哪裡，還是得看背景啊。像我這種沒有父母庇蔭也沒有皇親國戚的窮小子，機會一輩子也不可能降臨在我身上的。」

然而有一天，青年突然說：

「我受邀參加這一次的舞會。」

地點就在每次委託少女母親縫製洋裝的那位大小姐家。這對身無分文的青年來說，是一件無比榮耀的事，少女也由衷替他感到高興。

舞會隔天，少女隨口問了問青年，舞會究竟是什麼樣子。不知為何，青年看起來有點漫不經心，好像不太想回答她的問題，但少女並沒有太放在心上。

然而從那一天起，青年對少女愈來愈冷淡。究竟發生了什麼事呢？少女雖然感到心痛，卻問不出口。

自從參加過那場舞會之後，青年就變了。那究竟是一場什麼樣的舞會呢？青年究竟在那裡見識到什麼呢？是他在那裡見識到的東西，或是在那裡遇到的對象，改變了他嗎？

在後來幾次的會面中，少女逐漸從青年的口中拼湊出一些端倪。

豪宅千金是鎮上某個大人物的女兒，青年向她父親告知自己正在寫小說的事，對方便答應他將原稿轉交給素有往來的出版社老闆看。

他的好運就要來了。青年臉上洋溢著光彩。

每天窩在陰冷貧困的宿舍寫稿，生活過得有一餐沒一餐的青年，如今或許終於有機會迎來康莊大道了。一想到這裡，少女也發自內心地為突然降臨在青年身上的幸運感到高興。

「太好了，你的努力終於要有回報了。」

少女一臉欣喜，但青年看起來卻有些漫不經心。有一天，青年摟著懷裡的少女，突然喃喃說道：「我很愛妳，但是我沒有自信可以讓妳幸福。」

這突如其來的一句話，令少女感到不知所措。

他們並沒有口頭約定好要結婚，不過對於少女來說，青年早在不知不覺中成為生命中不可或缺的人。她一直以為兩人一起共度未來的人生，是極其自然的事。

「愛與結婚是兩回事。這個世界上有一種無論如何都無法跨越的東西叫現實，而且光靠單純的愛是不夠的。」青年抱著女孩說。

女孩在青年的懷中閉上眼睛，默默流下眼淚。究竟發生了什麼事呢？她不禁開始感到懷疑。

某天，青年讓少女看他正在創作的小說，那是一篇悲傷的愛情故事。

貧困的青年愛上一位富家千金，然而對方不太願意與青年共舞。

「她說只要我送她紅玫瑰，她就願意跟我跳舞，可是我根本不可能有紅玫瑰。」

有一次，夜鶯剛好聽到了青年的嘆息。愛慕著青年的夜鶯為了幫他實現願望，便出發去尋找紅玫瑰。

但夜鶯一直找不到紅玫瑰。牠找到了白玫瑰和黃玫瑰，就是找不到紅玫瑰。見到夜鶯輕聲嘆息，紅玫瑰樹告訴牠，今年天氣太寒冷，葉脈和芽都枯萎了，所以一朵花也開不出來。

「……不過還有一個替代方法。」

那個方法很可怕。夜鶯必須在月光下用「音樂」塑造它，用胸膛的血將它染紅。牠必須將胸膛抵著棘刺，唱歌給玫瑰樹聽才行。

夜鶯必須連夜歌唱，讓棘刺刺穿牠的心臟，讓鮮血流進玫瑰樹的葉脈才行。

不過，夜鶯接受了這個可怕的方法。牠為了心愛的青年，接受了那個在月光下讓玫瑰綻放，然後用自己胸口的鮮血染紅玫瑰的方法。

到了夜裡，皎潔明月高高升起，夜鶯飛到玫瑰樹上，讓棘刺抵住胸膛，徹夜不眠地歌唱。

胸口的棘刺愈陷愈深，體內的鮮血逐漸流乾。夜鶯忍耐著劇烈的疼痛，為少年和少女的愛情高聲歌唱，為男人與女人靈魂的愛戀高聲歌唱。隨著時間一分一秒過去，原本蒼白的花逐漸泛出鮮紅色。

但棘刺尚未刺進夜鶯的心臟，所以玫瑰花心還是白的。玫瑰樹大聲催促著夜鶯，讓棘刺更深入而精準地刺進胸口，否則玫瑰還沒完成，天就要亮了……

對少女來說，要把故事讀完是件很痛苦的事，因為這篇故事實在太哀傷了。可是不知為何，她總覺得她必須讀到最後才行。她強迫自己努力讀到最後。

夜鶯讓棘刺完全刺進胸口，棘刺一抵達心臟，一股劇烈疼痛便竄過全身。夜鶯愈唱愈聲嘶力竭，因為牠歌頌的，是用死亡來成就的愛情、在墳墓裡永垂不朽的愛情。

終於，整朵鮮紅色的玫瑰花完成了，從花瓣到花心都是紅色的。不過，筋疲力竭的夜鶯在奮力唱出最後一個音之後，便全身無力地昏倒在草叢中。

天亮以後……青年發現紅色的玫瑰，整個人欣喜若狂，趕緊摘下紅玫瑰跑到愛慕的少女家裡。

多悲哀、多感傷的故事啊。少女好不容易讀完，卻只是失神地愣在原處。為什麼青年的內心會創作出如此悲傷的故事呢？他究竟為了什麼、為了誰寫出這樣的故事呢？

「……我寫的是愛啊。」

青年對著恍然失神、不發一語的少女緩緩開口了。

「這故事寫的是不求回報的愛啊。」

「不求回報的愛……？」

為了不求回報的愛，夜鶯犧牲了牠的性命。不過，夜鶯是不幸的嗎？

「至少牠知道如何愛人啊，那不是誰都能懂的事。牠為了那份愛獻出自己，那樣的夜鶯真的是不幸的嗎？」

青年究竟為什麼會寫下這樣的故事呢？又為什麼要讓她讀這篇故事呢？……少女無法理解。

有病在身的媽媽再次收到豪宅大小姐的訂單，這一次她訂的是婚紗。

用珍珠縫邊的昂貴純白塔夫綢，配上繡著蕾絲和花邊的薄紗，簡直就像一束馥郁芬芳的白玫瑰。

千金小姐看起來沉浸在幸福的喜悅當中。光是看著她的表情，少女臉上也不自覺地泛出笑容。看見別人沉浸在幸福當中，是一件令人喜悅的事。

千金小姐結婚的對象究竟是誰呢？一想到這，少女趕緊揮去腦中的念頭，畢竟人家要跟誰結婚和她一點關係也沒有。

反正一定是和千金小姐門當戶對的富家少爺，是她無法接近的另一個世界的事。

不過媽媽的病情一天比一天惡化，臥床不起的時間也大幅增加。千金小姐的婚紗遲遲無法完成。

「……媽媽很擔心妳。要是我不在了，妳一個人要怎麼生活啊。」

日益衰弱的媽媽在床上咳聲嘆氣地說。少女只是拚了命地工作，她那微薄的薪水實在無法填補醫藥費。

每天下班回家的路上，少女都會順道去買雞蛋或水果給媽媽補充營養。她希望媽媽可以多活一天，甚至是一小時也好。這是她唯一的心願。

「怎麼樣呢，醫生？」

少女問完以後，前來看診的醫生默默示意她到房間的另一角。

「很遺憾，令堂來日無多了。」

「……」

「她過去吃過太多苦了。剩下的日子，請盡量讓她吃她喜歡的東西，讓她做她想做的事吧。妳要好好加油喔，要是連妳都倒下，就真的什麼也沒有了。」

聽著醫生的話，少女只能低著頭暗自垂淚。

無論發生任何事情都只能這樣哭泣而無法對抗命運的她，陷入無止境的哀傷之中。

儘管少女付出一切心力照料媽媽，無奈媽媽還是在幾天之後撒手人寰。

那一陣子與少女愈來愈疏遠的青年，連葬禮都沒來參加，只有附近鄰居和幾名親戚，陪同少女低調地舉辦守靈與葬禮。

「……妳接下來有什麼打算呢？」

親戚中的一個伯父擔心地問孤苦無依的少女，不過伯父自己也過著捉襟見肘的生活，所以無法替少女做些什麼，況且他那個小氣又嘮叨的太太，一定不可能同意讓他領養一個身無分文的親戚。

「伯父請放心，我會想辦法自力更生的。」

反正她之前也是這樣熬過來的。

少女在人群面前始終表現出堅強的樣子。不過葬禮一結束，所有人都回去以後，她獨自留在媽媽的遺照前，方才為止的堅強早已消失無蹤，她頓時覺得整顆心都要碎了。

孤身一人的房間彷彿結凍了一般。少女面向媽媽的遺照，勉強撐起堆疊在肩上的孤獨的重量。

大家都離開了。所有愛她的人、關心她的人，全都不在這個世界上了。她真的成為一個無依無靠的人了。

思及至此，一股無以言喻的絕望感便從周圍排山倒海而來。

在少女如此絕望時，有個男人想要趁虛而入，就是她工作的花店老闆。

「聽說妳媽媽過世了？我很遺憾聽到這個消息……」

當時同事都下班回家了，少女扣著大衣的釦子，也正準備要回家，老闆突然虛情假意地對她噓寒問暖。

「妳以後要怎麼生活啊？一個人一定很寂寞吧？」

「……」

「如果妳願意的話，要不要來幫我做事啊？我會好好照顧妳的。」

其實就是在暗示少女要不要當他的情婦。之前這個老闆也找過很多藉口，故意接近少女。

少女早就看穿這個中年男子的企圖，他想利用她貧窮與孤獨的遭遇，讓她成為他的女人。少女出於精神上的潔癖，馬上就對那隻朝她伸過來的魔爪築起防備。

「不用了，我早就習慣一個人了。」

「我手上的財產也不少啊，我不會讓妳過苦日子的，不然妳乾脆連這裡的工作也辭掉算了。我不但可以供妳住，每個月還會給妳一些生活費，讓妳無憂無慮地生活。妳說天底下哪還有這麼好的事啊？」

「我已經心有所屬了。」

少女忍無可忍地說。她認為只有這樣講，才能夠打發這個糾纏不清的中年男子。

「心有所屬？妳和他有說好要結婚嗎？」

「這……」

少女噤聲不語。

「還沒嘛，妳該不會是被人給騙了吧？」

老闆得意地撇嘴一笑。

「我看那男人也是個窮光蛋吧？就算妳跟那種男人在一起，也只會一輩子過著窮苦生活的。況且年輕男人收入少又自私，根本不會照顧女人。」

「我並不想成為有錢人。」

少女板起臉來。

「我根本不想得到什麼幸福。」

「妳不想得到幸福？」

老闆看著少女，像是聽到了什麼不可置信的事。

「……是嗎？這樣啊。」

「拜託，請別再來打擾我了。我只要現在這樣就夠了。」

說完，少女頭也不回地穿過老闆面前，走出門外。獨自一人被拋在身後的老闆，臉上失落的表情還烙印在少女的眼角，但最終也只能眼睜睜地看著她離去。

「抱歉，我完全不知道妳媽媽過世的事。」數日未見，青年如此對少女賠罪道。

「妳一定在埋怨我怎麼這麼無情吧？」

「算了，你也很努力在為你的事情打拚吧。」

「快了快了，再過不久我的小說就會大放異彩了。」

「太棒了，我真為你高興。」

少女衷心為他感到高興，青年的付出終於要獲得世間的認同了。

「大小姐的爸爸終於把我的小說給他認識的出版社老闆看了。老闆說很欣賞我的作品，還說會幫我刊登在下個月的雜誌上。如果評價好，甚至可以幫我出書呢。」

豪宅大小姐似乎非常欣賞青年。少女從別人口中聽說，後來大小姐又多次招待青年去豪宅參加舞會。

「然後啊……」青年欲言又止地說，「她說她想要一枚紅寶石戒指，像紅玫瑰一樣的紅寶石戒指。她很喜歡寶石，尤其紅寶石又是她的誕生石。如果我能在她不久後的生日送上那枚戒指的話……」

青年慌忙澄清道，只要討好大小姐的歡心，他就能更快出人頭地。

「但這肯定是不可能的事吧，我根本沒那麼多錢買那種東西。」

紅寶石是什麼？究竟為什麼是你要送大小姐紅寶石？

少女滿心疑惑，但她問不出口。

不過少女看得出來，如今青年的腦中只想著這件事而已。對現在的他來說，討好大小姐的歡心是當務之急。

少女總覺得，如果真的拿到紅寶石，青年恐怕不會再回到她身邊了。

不過她又能怎麼辦呢？如果青年堅持那樣做，如果青年能夠獲得幸福的話，她又有什麼權利能夠阻止他呢？

青年回去以後，少女稍微掃視了一下空無一人的家。有沒有什麼東西可以變賣的呢？這樣才能換些錢來買紅寶石戒指。

但這個家徒四壁的空蕩房間裡，連一組像樣的家具也沒有，只有一件大小姐訂製的婚紗，彷彿美麗的純白色羽翼般，攤開在媽媽房間的工作桌上，差一點就要完成了。

少女不經意打開媽媽每天使用的梳妝臺抽屜。裡面整整齊齊地擺放著有幾塊零錢的錢包、梳子、眼鏡、用完的口紅，最裡面還有一個小盒子，那是一個老舊的黑色絨布盒。

打開蓋子一看，裡面裝著一枚小胸針。啊……少女想起來了。

媽媽說爸爸破產以後，因為家裡沒錢，所以她把手中的寶石全都拿去變賣了。唯一留下來的，就是這枚胸針。她記得每當親戚家有喜事時，媽媽都會在這種必要的時刻，換上簡約的黑色或灰色套裝，然後在胸前別上這枚胸針。

少女把胸針拿出來，輕輕放在掌心上。銀色基底的胸針上鑲著幾顆珍珠。純白的珍珠彷彿飄散著淡淡的玫瑰花香，那動人的美麗低調訴說著珍珠的品質，連對寶石一無所知的少女也能夠看得出來。

這時，少女眼中突然浮現媽媽別著這枚胸針的模樣。和平常不修邊幅的媽媽不一樣，那模樣即使在稚齡少女的眼中也相當美麗。少女很喜歡盛裝打扮的媽媽。

——「媽媽，妳今天好漂亮。」

少女牽著媽媽的手，驚豔地抬頭望著媽媽說。少女的反應讓媽媽流露出前所未見的幸福表情——

「……媽媽，請原諒我。」

眼淚從少女眼中滾滾落下。

這樣的行為背叛了摯愛的媽媽嗎？少女猶豫了好幾天、好幾夜。但數日後，她還是下定了決心，對著媽媽的照片喃喃說道：

「媽媽，請原諒我這個不孝女，我只有這個了，我沒有其他東西可以拿去典當……」

少女拿著裝在絨布盒裡的胸針，披上外套，低調地快步走向附近的當鋪。

「……這東西放很久了吧。」

當鋪老闆用放大鏡仔仔細細地檢查著胸針的每一個細節，最後他這樣開口了：

「東西看起來還可以，但怎麼說都有點年代了，珍珠的光澤變淡了，設計也很老舊，現在沒什麼人會想要這樣的東西了。」

「求求你了，我現在急需用錢。」

最後當鋪開出的金額比少女預想的少很多。她先前曾在店面看過紅寶石戒指的價格，這連那的十分之一都不到。

難道她要為了這點微不足道的小錢，放棄媽媽的遺物嗎？想到這裡，少女心中再次湧起一股悲哀感與對媽媽的愧疚感。

但少女最後還是用那樣的金額當掉胸針，轉身離開當鋪。

為了一個不愛她的男人，為了一個愛著別的女人的男人，拚命籌錢換取紅寶石戒指的她，究竟有誰能夠真正了解？有誰能夠真心重視她呢？

不過，人總要活下去才行。為了某些夢想，為了某種生存價值。

既然如此，為了討好心愛的男人而活又有何不可？即使一切都是為了籌措男人與其他女人的婚禮。

「……放心吧，我一定會幫你買到戒指的。」

當女孩做出這樣的承諾時，青年不僅沒有表達感激，反而露出些許嫌棄的眼神。

她的確是個卑賤的女人。明明男人一點也不愛她，卻還如此為他盡心盡力。說不定對方還覺得她心機很重，暗自盤算著要向他索求些什麼呢。

「……那件婚紗做好了嗎？」

某天，大小姐來催促說：「請加緊趕工，因為時間快到了。」

「我知道了，我一定會趕上的。」

婚紗已將近完工，現在只剩下在幾個地方縫上緞帶就好了。少女一直以來都在媽媽身旁看她工作，耳濡目染之下，她自己也學會如何裁縫。

純白色的塔夫綢婚紗，大小姐是為誰穿上這套婚紗的呢？少女心裡多少有數。

少女努力壓抑內心的思念，默默移動手中的針線。突然之間，一股想吐的感覺一湧而上，她慌忙放下婚紗站起身來。

她快步衝向浴室，對著洗臉臺低下頭，那一瞬間，鮮紅色的血液從喉嚨冒了出來。刺眼的血色不一會兒就染紅了洗臉臺，少女愣愣地看著這一切。

差一點就要弄髒婚紗了。咳血……那個從我身邊奪走媽媽的可怕疾病。

少女或許早在與媽媽一同生活的期間就被傳染了那個疾病，然後身體不知不覺受到侵蝕。之前她忙著照顧媽媽，根本無心注意自己的事。

或許她也來日無多了吧。想到這裡，少女臉上露出一抹淡淡的微笑。

她很快就要死了，她就要死了。

她感覺媽媽正在那個世界呼喚著她。不必再活得這麼辛苦了，不必再如此折磨自己了。

她感覺媽媽正在這樣對她說。

但至少在死去之前，她還想再做一件讓那個人開心的事。

在她短暫的人生中，幾乎沒發生過什麼幸福的事。但她深愛著那個人，愛得無法自拔……那個人對她而言就是如此地重要。

後來少女又咳了好幾次血，有時是在下班回家的路上，有時是在洗完澡的時候。少女雖然感到衝擊，內心某個角落卻也莫名開心，因為她很快就要脫離這個苦海了。

反正再怎麼活下去，這輩子也不可能獲得幸福了。因為她總是在追求這個世界所沒有的東西，追求這個世界絕對找不到的東西。她所夢想的一切，自始至終都不曾存在於這個世界上。

但她現在至少還有該完成的事。

少女在心中呢喃，她要為青年弄到紅寶石戒指。

「妳確定？真的可以嗎？」

中年男子再三確認道。少女突然造訪男人的家，表明自己願意接受他的追求，男人聽了滿心歡喜，但多少有些疑惑。

少女脫下衣服躺在床上，緊緊閉上眼睛。今天的她就像活供品一樣。可是，這究竟是為了誰呢？

難道是為了從以前到現在一直侵蝕著她身心的「夢想」嗎？

男人趴在少女身上，嘴唇堵住她的，少女的眼睛愈閉愈緊。她的內衣被褪去，然後從乳房到腰，從腰到茂密的花叢，再從那裡一路褪到纖細的雙腿。

原本就細瘦的身體，如今無助地躺在床單上，就像無依無靠的孤兒一樣。沒錯，就像無家可歸的孤兒一樣。

男人陶醉地愛撫著她的身體，盡情地發洩慾望。少女的心被擱置在床的一角。男人的唾液沾濡著她的全身，少女獨自沉浸在夢裡。

夢中，少女化身為一條魚。在湛藍的大海上，一條白色的魚游過藍色的海面，一心一意地朝著某個方向前進。魚要游去哪裡？她不知道答案。

男人的手游移在青年愛撫過的髮絲、乳房、腰際上，並用唾液留下了汙穢的痕跡……少女緊咬嘴唇，隱忍著痛苦。

不過她並不後悔。不管她對青年的愛再深，對方都不會再摟她入懷了。永遠不會再有那樣的一天了。

「……妳不會再做那些愚蠢的夢了吧？」

在少女身上完事之後，男人一邊穿上褲子，一邊回頭看著躺在床上的少女。

「這個世界上沒有那種東西啦。妳夢想中那些純白無瑕的美好事物，絕對不可能出現在這個世界上的。那種東西就像海市蜃樓一樣。」

苦苦追求的少女終於成為囊中物，男人對此感到非常滿足。當少女纖細的肉體被他征服時，男人心中莫名有種成功報仇的感覺。

他在對什麼報仇呢？難道是在對世界上那些與他絕對無關的美好事物、無瑕事物報仇嗎？

對於窮其一生努力追求世俗財富和幸福的男人而言，他一方面渴求少女那種萬物不侵的無瑕之美，一方面卻也莫名地嫉妒著她。

「……這些妳留著。」

男人從褲子口袋裡掏出來給少女的錢，多得出乎她的意料。

「因為是第一次，所以給妳兩個月的錢。記得拿這些錢去買些新衣服，下一次見面的時候，我可不想再看到妳穿這身破爛衣裳。」

「我知道了。」

少女帶著變賣母親遺物的錢和出賣自己肉體的錢，來到鎮上的珠寶店。

展示櫃裡陳列著各種耀眼奪目的珠寶。其中令少女佇足的，是價格最便宜的小型珠寶戒指櫃。

裡面有她在找的那枚戒指。雖然紅寶石很小一顆，卻綻放著神祕而吸引人的紅色光芒。

少女頓時想像起一根白皙嬌嫩的手指戴上這枚戒指。本來戴上這枚戒指的人應該是她才對……但不知為何，她腦海中一次也沒浮現過這樣的念頭。

「這枚戒指很適合您喔。」

年輕可人的店員踩著高跟鞋走了過來，說完露出微笑，接著拿出鑰匙打開展示櫃，用戴著白手套的手拿出少女正在注視的戒指，輕輕放在玻璃櫃上。

「您要試戴看看嗎？」

「不、不用了。」

少女有些猶豫，但強硬地拒絕看起來也很奇怪，所以只好任由店員將戒指戴在她手上。

「哇，尺寸也剛剛好呢，感覺就像是量身打造的一樣。」

少女聽著店員的話，臉上露出寂寞的微笑。

「請、請給我這個……」

「我好羨慕您喔，真希望我也能夠買得起這樣美麗的戒指。」

店員毫無惡意地說著，並對少女露出真心羨慕的表情。

在店員將戒指收進小絨布盒裡，用包裝紙包裝的期間，少女始終低著頭默默等待，臉上全無笑意。

……已經好幾個星期沒來這裡了。在樹木茂密的庭院包圍下，青年的宿舍令人懷念。

庭院似乎很久沒人整理了，四處雜草叢生，根本沒有可以行走的地方。少女曾聽青年說過，這裡的屋主是一個獨居的寡婦。

少女目不轉睛地抬頭注視著青年的房間。窗內的燈還是亮的。青年是不是還沒睡呢？他是不是像往常一樣徹夜寫小說呢？

對舊日的懷念，令少女眼眶逐漸泛出淚水。她多希望可以像以前一樣，毫不猶豫地拾級而上。多希望門打開以後，她可以一骨碌衝進歡喜迎接她的青年懷裡……

這時，少女發現好像有人要從樓梯上下來，趕緊躲在樹蔭後。

正要下樓的人竟然是青年。少女不由得想向他邁開步伐，就在這時……

青年身後出現另一個人的身影，竟是那幢豪宅的大小姐。

「如果我們可以早點脫離這種相隔兩處的生活就好了。」

「再忍耐一段時間就好了，只要得到妳爸爸的首肯就好了。」

「爸爸很擔心我啊。他擔心我跟你結婚之後，生活過不下去。」

「像我這種沒出息的男人，妳爸爸會擔心也是應該的。」

「放心啦，你有的是才華啊。我爸爸也很欣賞你這一點。求求你，快點正式向我爸爸提親吧。」

「我知道了，我會去的。」

「你答應過我囉？別忘了準備我最喜歡的紅寶石戒指。」

少女沒聽見青年回答什麼，但從樹蔭後方，她可以清楚看見兩人熱情擁吻的樣子。

兩人滿臉幸福地相視而笑。大小姐轉身後，青年一直站在門口目送她離去。

半年的時間過去，少女的病情每況愈下，已經嚴重到無法每天出門工作的程度了。她只能拿手邊現有的東西去典當，過著吃老本的日子。

某一天，少女為了購買食材，難得出一次門，卻在途經書店時看見令她大吃一驚的東西。

映入眼簾的是一本名叫《夜鶯與玫瑰》的書，書名下印著青年的名字。

裝幀是典雅的深褐色，成堆的書靜靜佇立在書店一角的陳列架上。

那是他之前給她看的小說……在意外與感動的衝擊下，少女強忍著內心的激動，一動也不動地站在原地。

那一天，她親眼看見青年與大小姐在一起之後，便將紅寶石戒指放在青年的宿舍郵筒中。

青年隔天早上起床之後，應該發現了那枚戒指吧？不曉得當時他內心有著什麼樣的情緒呢？

少女並不期待對方向她表達感謝之意。與其這麼說，不如說她早在心中默默畫下句點。從青年創作那部小說開始，他們的戀情就結束了。少女不禁這樣認為。青年是不是想透過創作那部小說做為安魂曲呢？為這段虛幻而可悲的戀情所創作的安魂曲。

之後，少女輾轉得知青年與大小姐即將舉辦結婚典禮。少女的疾病每況愈下，如今更是到了幾乎足不出戶的程度。

「……醫生，我的日子不多了吧？」

即使少女如此詢問，醫生也只是沉默不語地搖著頭。但看在少女眼中，已心知肚明。

「請您老實說吧，我想要知道實情。」

「妳不可以這樣自暴自棄，妳要加油才行。最好多吃一點有營養的東西。妳媽媽一定也很希望妳恢復健康，連同她的分一起活下去。」

「醫生，您放心吧。我很高興的，我很高興自己可以去跟媽媽相會。」

少女淺淺一笑。醫生見到那微笑底下藏著某種無聲的堅決，不禁露出畏怯的表情。

或許是因為聽聞少女重病的消息，中年男子迅速與她拉開距離。既然已經沒有利用價值，當然也就沒有理由來找她了吧。少女頓時失去來自男人的金援，幾乎連買明天食物的錢都沒有了。

不知不覺間，窗外開始飄雪。

純白無瑕的雪……距離那些日子已經過了半年。夏天過去，秋去冬來。在那段期間內，病魔無情地侵蝕著少女瘦弱的身軀。

少女念頭一轉，搖搖晃晃地從床上起身開始更衣。鏡子裡映照出一張毫無血色的蒼白面孔，和從前那個臉頰緋紅的少女簡直判若兩人。即使如此，她還是輕輕從梳妝臺的抽屜中拿出口紅，塗抹在嘴唇上。

一路上都在下雪。少女步履蹣跚地走在空無一人的寂靜街道上。家家戶戶的屋頂積著白雪，樹木枝葉被雪的重量折彎了腰。

雪靜靜地下著。少女又冷又累，雙腳僵硬得無法繼續前進。

我會死在這裡吧，死在深深的積雪之中。沒有人會為我難過，也沒有人會為我哭泣。

後來縫製完的婚紗很快就順利送到大小姐的手裡。再過不久，大小姐就要披上那套婚紗了。然後，青年與大小姐會手牽著手步上紅毯……

他們會一起過著幸福快樂的日子吧。他們很快就會把她這個活得如此卑微、死得如此淒涼的女人拋在腦後吧。

無所謂，反正現實就是如此。她這段微不足道的人生，就像微不足道的一行詩一樣，很容易就遭到現實給踐踏、遭人給遺忘吧。

但她曾為了那個人寫的一行詩感動落淚。她相信那是他的真心。可是，那只不過是一場夢而已嗎？他寫在紙上的心意只是謊言嗎？

有如紅玫瑰般鮮紅的紅寶石戒指，簡直就像她滴落在雪上的鮮血一般……

此時，遠方傳來教會的鐘聲。那會不會是祝福青年與大小姐結婚的鐘聲呢？不，那說不定是為少女送葬的鐘聲吧。

少女心中突然浮現青年小說中的最後一幕。夜鶯為了心愛的人，將玫瑰花抵在胸口，讓棘刺刺穿心臟，並持續歌頌著愛情，直到氣力用盡，最終斷送性命。

沒錯，她也將為了心愛的青年而死，就像那隻夜鶯一樣……而青年將永遠不曉得她的愛與犧牲。

可是所謂的愛，不就是這麼一回事嗎？所謂的犧牲，不就是這麼一回事嗎？

因為不會有回報，所以才是愛啊。

這時，少女激烈地咳了幾聲，忍不住在原地蹲了下來。鮮血散落在雪地上，大量的血染紅了白雪，逐漸向四周暈開，就像那鮮豔的紅寶石一樣。

✦奧斯卡．王爾德波濤洶湧的人生

繼〈快樂王子〉之後，這一回要介紹的同樣是王爾德的童話：〈夜鶯與玫瑰〉。

這篇故事跟前一回介紹的〈快樂王子〉一樣，被收錄在王爾德兩本童話集之一的《快樂王子及其他故事集》（*The Happy Prince and Other Tales*）當中。這本童話集裡還收錄了〈自私的巨人〉、〈忠誠的朋友〉和〈了不起的火箭〉等故事。

一八五四年，王爾德在愛爾蘭首都都柏林出生，他的父親是號稱「近代耳鼻學之父」的著名醫師。

做為唯美主義作家，王爾德一生過得自由奔放，卻曾在一八九五年時，遭到同性愛侶阿爾弗萊德．道格拉斯（Lord Alfred Douglas，別名波西）的父親昆斯貝理侯爵（Marquess of Queensberry）控告，說王爾德誘惑他的兒子。之後經過三次公開審判，王爾德被宣告有罪，先後被關進霍洛威（Holloway）、旺茲沃思（Wandsworth）等監獄，一夕之間從榮耀的巔峰被推落最底層的地獄。

不過，當時王爾德的心境十分複雜，有一說認為他在被逮捕之前，明明有充分的時間可以逃到國外，卻選擇留在英國入監服刑。

身為作家，當時的王爾德正值聲勢如日中天之時，他之所以這麼做似乎是希望以其地位影響整個社會，讓他的同性戀情能夠贏得正當性。此外，選擇踏上殉道者之路，據信也是出於一股自負，就好像被釘在十字架上的基督一樣。

雖然從這一方面來看，王爾德似乎是個醜聞纏身的人，但於此同時，他也是個會陪孩子玩耍、讀童話故事給孩子聽的好父親。

據說他不僅會念儒勒・凡爾納（Jules Gabriel Verne）的科學冒險故事、羅伯・路易斯・史蒂文生（Robert Lewis Stevenson）的《金銀島》或魯德亞德・吉卜林（Joseph Rudyard Kipling）的《叢林之書》（*The Jungle Book*）等故事給孩子聽，有時還會朗讀自己創作的童話。

有一次，王爾德的兒子西里爾（Cyril）請他念《自私的巨人》（*The Selfish Giant*）時，發現父親眼中泛著淚水，便問道：「爸爸，你怎麼了？」當時王爾德回答說：「真正美麗的事物總是會讓爸爸不禁落淚啊。」

不過，在聲勢如日中天之時被逮捕入獄，使王爾德被迫與心愛的妻小分離。

他的太太康斯坦斯（Constance Lloyd）與兩個孩子在事件爆發後，為了躲避社會的迫害，將姓氏改為荷蘭德（Holland）並逃到國外，前往瑞士、義大利等地投靠友人。康斯坦斯不曾試圖與王爾德見面，孩子們也沒再見過他。

康斯坦斯病逝於一八九八年，孩子們後來由她的堂姊妹收養。關於孩子們日後的消息，據說長男西里爾自願參加第一次世界大戰，最後死於戰場上；次男維維恩（Vyvyan）則成為一名活躍的作家，最後於一九六七年逝世。

✧ 以苦難為食

在〈夜鶯與玫瑰〉的原作中，窮學生將夜鶯犧牲生命使其綻放的紅玫瑰獻給心愛的大小姐，不過大小姐卻說：「這朵花與我的衣服不搭，而且宮廷大臣的姪兒送我的寶石還比較值錢。」絲毫不放在心上。

後來絕望的學生把玫瑰隨手丟在路上，嚷嚷著：「愛情實在太愚昧了。在這個時代一切都講求實際，所以我要重新投身哲學，研究形上學的東西。」並回到宿舍開始讀書。

一方面對自己的單純有所自覺，一方面又不得不自我嘲笑，從此處即可看出王爾德諷刺而自虐式的觀點。

身為藝術家與同性戀者，身上流著殉教之血的王爾德，似乎從這時開始即已預知到，用自己的鮮血換來的犧牲，恐怕不會為世間所接受，只會換來眾人的不解與冷笑吧。

王爾德傳記《奧斯卡・王爾德》作者梅麗莎・諾克斯（Melissa Knox），寫過一段很有意思的論述。

眾所皆知，〈快樂王子〉講的是一隻小燕子將王子銅像上的寶石和金箔，一一取下送去給不幸的人們的故事。在故事的最後，市長和市議會議長發現王子的銅像被剝得精光，看起來相當寒酸，便討論要用熔化爐處理掉銅像。

諾克斯認為這篇故事傳達出王爾德強烈的自我防衛心態，「就算自己受到不名譽的懲罰而死，就算有某些部分遭到體面的人群拒絕，至少在給窮人傳授貴重知識與詩意美學方面，自己是成功的。」

既然如此，〈夜鶯與玫瑰〉中犧牲自己卻未獲得任何回報的可憐夜鶯，也可以適用同樣的道理吧。

在《獄中記》當中，王爾德寫下非常貼切的一段話：

「失敗、羞辱、貧窮、悲傷、絕望、苦難、眼淚……這些全是我所懼怕的。我曾決心絕不沾惹它們，後來才不得不一一嘗遍它們的滋味。我不得不以它們為食。」（擷自《奧斯卡．王爾德》）

結果這份苦難是讓王爾德向上攀升的必經之路。

因為這份苦難，王爾德才成為更偉大的作家。

✦ 倉橋由美子的〈染血的禮服〉

說到〈夜鶯與玫瑰〉，著名日本小說家倉橋由美子的著作《殘酷童話》中，有一篇改寫的版本。

故事背景是古希臘雅典。主角是一名窮學生，他暗戀著老師的女兒。老師的女兒生日快到時，他說想送對方禮物，對方便告訴他：「我想要一件大紅色的禮服，紅得像用人血染成的那般紅。」

年輕人買不起這麼昂貴的東西，也找不到合適的禮物，就在這時，鄰家的啞巴少女看見他眉頭深鎖的模樣。啞巴少女一直暗戀著年輕人。

啞巴少女從年輕人口中得知，他深深地愛慕著那個女孩，而且無論如何都想送她生日禮物，卻煩惱著不知該如何是好。

啞巴少女心痛地聽完以後，決定想辦法替年輕人實現他的願望。於是她跑去請求女神雅典娜，表明自己為了心愛的年輕人，願意用自己的鮮血染織一件大紅色的禮服給他，雅典娜最後答應了她的請求。

雅典娜於是拿著線頭的一端刺進少女的心臟。線穿過心臟以後，瞬間染得通紅，並迅速朝外擴散。女神拎起線頭，開始動手織布。線穿過心臟的疼痛讓啞巴少女全身直冒冷汗，儘管快昏死過去，她卻還是咬牙忍耐。

雅典娜染線染了一整晚，就在她終於織出染血的布料時，啞巴少女的心臟也剛好停止跳動，氣絕身亡。

雅典娜用那塊布縫製出一件大紅色的禮服，然後變身成啞巴少女送去給年輕人。年輕人喜出望外地收下禮服，從頭到尾沒思考過啞巴少女為什麼會送他這麼昂貴的東西。

然而，當年輕人將禮服送給大小姐時，對方早已忘記自己說過的話，還嫌棄禮服很噁心，像用血染出來的一樣。年輕人腦羞成怒地把禮服扔在路旁，「我要換個老師，再找個有溫柔女兒的老師！」說完便憤而離去。

倉橋由美子的作品中雖然沒有赤裸裸的華麗官能、耽美性或裝飾性，但取而代之的，她的作品中充斥著對人類的渺小與醜陋近乎冷酷的批判精神。

III

牧鵝姑娘

The Goose Girl

兩個新娘與
過於殘酷的復仇

從小生活過得無憂無慮的公主
在侍女的詭計下成了牧鵝姑娘，
而假扮成公主的侍女
又將會迎來什麼樣的恐怖結局呢？

*

選自格林童話的故事

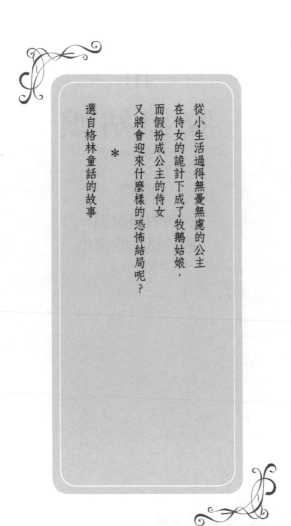

「明明我也是國王的女兒……」侍女喃喃自語著，「卻要服侍公主，身上穿戴的全都是公主用過的，還要在這邊讓人使喚，老是做一些無聊的事。」

侍女是這個國家的國王一時興起，寵幸眾多侍女當中的其中一人後，所生下的孩子。

在一般情況下，這個侍女應該會迅速被送到某個低階貴族家當養女，但在她母親千拜託、萬拜託之下，國王好不容易才答應把她留在身邊，不過條件是等孩子懂事之後，必須跟母親一樣在城裡當下人。

侍女從母親口中得知自己的身世時，內心深受打擊。之前她一無所知地侍奉在公主身邊，但如今那個高高在上的公主，一夕之間似乎變得和她沒什麼兩樣了。

從那時起，無論碰到什麼事，侍女都會拿公主和自己比較。

每次侍女照鏡子都會暗自心想，我的美貌並不輸給公主啊。圓溜溜的眼睛、立體的五官、凹凸有致的身材……她很久以前就注意到在城裡伺候國王的那些男人，總會對她露出意味深長的目光。

雖然公主也很美，但因為從小被捧在手掌心上的關係，不諳世事的她既無趣又不性感。

由於從小到大都有侍女在旁替她更衣，因此就算被別人看到裸體也從不覺得羞恥。

除此之外，由於身邊圍繞著的都是地位比自己低的大臣，她從來沒把他們當作異性看待，因此她應該也不曾意識到自己身為女性的事實吧。說白了，就是她缺乏女性魅力。

相比之下，侍女很早就認識了這個世界，認識了男人。因為她知道唯有這樣，才能夠擺脫現在的境遇。

不過，她每次都急於要求回報，所以到頭來都被對方甩掉。結果甚至傳出流言蜚語，說她是個不潔身自愛的女人。

她也知道男人把玩樂對象與結婚對象區分得很清楚。如果是結婚對象的話，比起性魅力或其他條件，最重要的還是家世背景或財產。

侍女什麼條件也沒有。她的媽媽早就不是這個世界的人了，國王也隨隨便便就拋棄了她的媽媽，所以根本沒給她任何稱得上財產的東西。

就在這樣的情況下，接近適婚年齡的公主即將遠嫁他國。對方是鄰國的王子，不僅家財萬貫、英俊瀟灑，武藝也不在話下，簡直是段不可多得的良緣。皇后為了寶貝的獨生女，極盡奢華之能事地替她準備了嫁妝。

當侍女接獲命令陪同公主前往鄰國時，她欣然接受了這樣的安排。她的內心早有盤算。好不容易，終於讓她等到這一天，她的願望總算要實現了……

宮裡為了籌備喜宴，上上下下忙成一團。中間商陸續送來皇后為公主婚禮而訂的禮服、毛皮和寶石，這一幕全被侍女默默看在眼裡。

真羨慕！跟毫無背景的她比起來，公主集全國的財富與幸福於一身，那模樣多麼令人羨慕，多麼令人嫉妒啊。

出嫁的日子終於到來。皇后替公主和侍女一人分配了一匹馬。公主被分配到的馬是一匹名叫法拉達的名駒，牠能夠講人話。在她們即將動身前，皇后偷偷把公主叫到房間去。

「妳終於要出嫁了。媽媽很替妳高興，但一想到從此以後可能無法再見到妳，媽媽就心如刀割。」

說完，皇后突然抽出一把匕首，割傷自己的指尖，然後滴三滴血在事先準備好的白布上，再小心翼翼地將白布交給公主。

「妳帶上這個，路上或許會用到。」

公主雖然滿腦子疑問，但從小就相當聽話的她，還是乖乖地將那塊布小心收進懷裡，最後哭著與母親道別。

當然，離開祖國、與深愛的父母道別是很痛苦的事，不過國王的女兒從小就注定要接受這樣的命運。國王和皇后雖然是公主的父母，但總是會與她保持一定的距離，並且將教育工作交由奶媽或家庭教師嚴格執行，所以她心中某個角落也很清楚這件事。

「父王、母后，感謝你們長久以來的照顧。」

見到公主深深低下頭，連國王眼中都難得泛出淚光。尤其最近經常臥病在床的皇后，更是強忍著內心的不捨。

或許以後再也見不到公主了。更何況這孩子年紀還這麼小，不曉得世間險惡，但願未來無論發生什麼事，她都能夠堅強地支撐下去……

一思及此，皇后忍不住淚流滿面。

「公主就拜託妳了。」

皇后以誠懇的眼神看著侍女說，侍女也恭敬地鞠躬答道：「包在我身上，我絕對不會讓公主發生任何不幸的事。」

侍女的表現總是很優秀，從未出過任何差錯，所以皇后也感到很放心。

當然，皇后並不知道這個女孩是國王和其他侍女生下的私生女，她只注意到這個從小就進宮侍奉的女孩手腳相當伶俐，所以才特地選她當公主的陪嫁侍女。

前往王子城堡的路途相當遙遠。公主騎在馬背上一路顛簸，一開始她還能欣賞景色的變換，從草原、高山到丘陵，怎麼看也看不膩，但漸漸地，她開始感到又累又渴。

「我口渴了。妳幫我從行李當中拿出金杯，裝水給我喝。」

公主不假思索地命令隨侍在身後的侍女，沒想到侍女竟如此回答她：

「妳自個兒趴在河邊喝吧，我不想再替公主殿下跑腿了。」

公主聽見這冷淡的語氣，嚇得目瞪口呆。如果是平常的話，她還能夠教訓侍女一頓，但她們現在身處異地，不在宮廷裡面，也沒有父王、母后或其他大臣替她撐腰。

束手無策的公主只好按照侍女說的，親自下馬來到河邊，趴在地上直接啜飲河水。

「怎麼會這樣？為什麼我會遇到這麼悲慘的事？」

公主不禁哀嘆道，此時耳邊突然傳來一個聲音。

「如果您母親大人知道的話，她的心一定會痛得碎成兩半的。」

說話的是那塊沾著媽媽三滴血的白布，原來那塊布是媽媽用來做為護身符保護她的。想到這裡，公主就感到稍微安心了些。

路途遙遙，太陽高掛空中，日曬熱得灼人。以馬代步的路程極為折騰。走著走著，公主再度感到口渴。這一回，她小心翼翼地拜託侍女說：

「我口渴了，幫我用我的金杯裝點水來吧。」

「我不是跟妳說過了嗎？我不想再替公主殿下跑腿了。」

這不留情面的回答令公主深受打擊，但她實在無能為力，只好再度下馬來到河邊，俯下身去喝水。

眼淚不由得奪眶而出，「唉，我怎麼會這麼悲慘。」公主哀嘆道。

這時，沾著三滴血的布再度答道：「如果您母親大人知道的話，她的心一定會痛得碎成兩半的。」

公主喝完水準備站起來時，不小心踉蹌了一下，那塊白布就從懷裡掉了出來，但公主並未發現。坐在馬上的侍女一眼就發現白布漂在水面上，臉上還露出一絲竊笑。因為公主剛才失去了一道保護她的強大力量。

當公主回來，準備再跨上法拉達時，侍女不由分說地開口了。

「這是我的馬，妳的是另一匹。」

侍女要公主換乘她原本騎的那匹馬。不僅如此，她還要公主脫下身上華麗的衣裳給她，換穿她身上那套簡陋的衣服。

公主感到擔驚受怕，不曉得自己接下來會遭遇什麼樣的狀況，但又對侍女強硬的態度無從抵抗。

對方是個吃苦耐勞、人生經驗豐富的侍女，而她卻只是個連城堡都沒踏出過半步、對世間一無所知的人。一直以來保護著她的，是父親身為國王的權威、奢華的城堡、無限的財富與廣大的領土。

不過如今公主已經遠離這一切，再也沒有什麼可以保護她的了。不，還有媽媽給她的三滴血，那是唯一可以保護她的東西。但奇怪的是，不管她怎麼找，就是找不到那塊白布。如今連那塊白布也不見了，現在的她真的孤立無援了。

「聽好了，這件事情絕對不能告訴任何人，我要妳向全知全能的神發誓。」侍女命令公主道。

「妳不發誓的話就會沒命喔，知道了吧！」

侍女拿出匕首威脅，嚇得公主渾身發抖。公主只好聽命行事。一旁的名駒法拉達則默默將這一切看在眼裡。

千里迢迢來到鄰國城堡後，迎接兩人的是一場盛大的歡迎宴會。高昂的喇叭聲響起，音樂奏下，盛裝打扮的衛兵、貴族和貴婦們盛情地將兩人團團圍繞。

穿著從公主身上搶來的華麗衣裳，侍女坐在名駒法拉達上，儘管內心十分緊張，卻努力保持威嚴地下馬接受他們的歡迎。當然，王子一心以為她就是公主，便親切而恭敬地上前迎接她。

「您終於來了，我期待與您見面這一天期待了好久。」

王子的一番話讓假新娘害羞地嫣然一笑，就像一國的公主在這種情況下會有的反應一樣。

王子牽起假新娘的手，鄭重地引領她步上樓梯，公主只能眼睜睜地看著他們的背影離去。

在短短的時間之內接二連三發生好多意想不到的事，而且還以意想不到的速度發展。至於究竟該如何處理這種情況，公主心裡毫無頭緒。

她接下來到底會發生什麼事呢？公主望著王子與侍女的背影一同消失在樓梯上，拚命忍住不對著他們大叫：「救救我，我才是公主啊。」

公主的腦海中浮現了向侍女承諾過的誓言。這個年代，所有在天空下許的誓言，都等同於與神之間的約定。

「……那個人是誰啊？」國王注意到被單獨留在後頭的公主，便詢問假新娘：「那個被孤零零地留在樓梯下的女孩是誰？」
「那是我帶在路上作伴的侍女。」假新娘慌張地說，「如果有什麼適合她幹的活，請安排給她去做吧。」
國王聽了雖然感到疑惑，卻沒有其他雜活可以安排，只好派她去放鵝。
換上一身粗布衣的公主，被打發到宮中廣大庭園一角的養鵝寮。
養鵝寮裡原本就有一個負責放鵝的少年，名叫柯德亨。從翌日起，公主每天都必須早起幫忙少年把鵝群趕到原野上放養。

侍女的陰謀成功了，她如願以償成為王子妃。王子把她視為新娘，將她捧在手掌心上，令她心情好到像飛上天一樣。
不過事情必須做到萬無一失才行，現在還有一件令侍女掛心的事，就是如何處置那匹名駒法拉達。
她無法忘記法拉達默默注視自己一切行徑的眼神。法拉達會說人話，誰曉得哪一天牠會不會突然向人告狀。

「我有事想拜託你。」

那天晚上，假新娘向王子開口了。

「請你告訴你的屠夫，去把我騎的那匹馬的頭砍下來吧。那匹馬太難駕馭了，牠害我在來的路上受盡折磨。」

王子雖然感到意外，但畢竟是剛迎娶進門的新娘的心願，所以只好笑著答應她：「沒問題。」然後在王子的一聲令下，法拉達的頭立刻被砍了下來。

在養鵝寮中聽見這項傳聞的公主大吃一驚。她心愛的法拉達，那是父王與母后送她的、從東方遠渡而來的名駒啊！

公主急忙趕去找屠夫，但一切都太遲了，法拉達的頭已經被殘忍地砍了下來。

公主悲痛欲絕地去懇求屠夫，至少把法拉達的頭釘在城門上，好讓她每天早晚趕鵝經過城門時，還可以見上牠一面。

屠夫雖然覺得這個請求很奇怪，但還是不置可否地答應了她。畢竟每次進出城門就有馬頭在上面迎接，感覺是個詭異又有趣的主意。

隔天一早，公主與柯德亨一起趕著鵝群穿過城門時，輕聲開口道：「法拉達呀，你就掛在那裡啊！」

結果馬回答她：「公主殿下，您就站在那裡啊。如果您母親大人知道的話，她一定會心碎的。」

公主一聽，不由得胸口一緊，卻還是強作鎮定地穿過城門底下。

兩人來到原野，在一望無際的草原上放出鵝群。鵝群一邊嘎嘎地叫著，一邊自顧自地吃起草來。

公主看著這一幕，在草地上坐了下來，然後用一把小梳子解開了她的頭髮。如今已經失去一切的她，唯一的財產就只剩下這頭美麗動人的金髮了。

「……妳的頭髮好美啊。」

柯德亨朝公主湊了過來。在鵝群吃草的時候，他們沒有其他事情可以做。

「嘿，讓我摸一摸妳的頭髮吧。」

「不行。」公主小聲叫道。她的頭髮還沒給任何男人摸過。

唯一有權利觸摸她頭髮的男性，如今已經娶其他女人為妻了。

一想到這，公主不禁對自己可憐的遭遇感到悲從中來。

「裝什麼矜持啊？妳不過就是個跟我一樣無依無靠的窮人家小孩不是嗎？」

見柯德亨再度伸出手，公主只好放聲歌唱：

「吹吧，吹吧，風兒呀，

吹走柯德亨的帽子吧，

讓柯德亨的帽子飛呀飛，

直到我的頭髮梳理整齊為止。」

奇妙的是，這時突然刮起一陣風，瞬間吹飛了柯德亨頭上戴的帽子。

少年慌忙起身去追在原野上滾動的帽子。等他終於追到並抓著帽子回來時，公主已經盤好頭髮了。少年雖然很氣惱，卻覺得這女孩有點詭異，所以也不敢再招惹她了。

傍晚時分，兩人趕著鵝群穿過城門回家時，再次看到法拉達的頭。

「……法拉達呀，你就掛在那裡啊！」

公主輕聲喚著，馬也回應她：

「公主殿下，您要從這兒過去是嗎？如果您母親大人看見這一幕，她一定會心碎的。」

每次聽見法拉達說的話，公主臉頰就會滑過冰冷的淚水，不過她別無選擇，只能每天早晚在這裡與法拉達相見，日復一日地聽牠說話。

這雖然是一種痛苦的考驗，卻也默默撫慰了她的心，因為如今還會稱呼她公主的，只剩下法拉達而已了。

一天，假新娘用墨水把臉塗黑，再披上黑色的斗篷掩人耳目，悄悄溜出皇宮。她在偌大的庭院中摸索了一陣子，先後經過僕人與雜工的宿舍、馬廄、鷹舍、守門人小屋旁，最後終於來到四周圍繞著一圈老舊柵欄的養鵝寮。

鵝群一邊吃飼料，一邊吵鬧地發出嘎嘎嘎的叫聲。假新娘靠近窗邊一看，一身破爛衣裳的公主就在最裡面。

公主一手提著裝滿水的水桶，一手拿著大大的竹掃帚，顯然正在清掃養鵝寮。

「……哼，看她那寒酸樣。」

假新娘躲在窗後，黑色斗篷下露出不懷好意的笑容。

「從小被捧在手掌心上的公主竟然也有這麼一天啊，沒有人會注意到那就是公主的下場。看她穿得一身破爛，頭髮像是幾天沒洗一樣，臉上沾滿煤灰，光溜溜的腳上全是傷口……」

相比之下，我呢——假新娘默默地笑了。

「我現在什麼都有了，我終於得到夢寐以求的一切。身為王子妃，大家都羨慕我的地位，再也沒有人可以命令我做事了。所有人都羨慕我、伺候我、聽從我的命令……」

不過假新娘真正幸福的日子，只有新婚前一個月而已。

因為王子——最關鍵的人物——並不愛她。

王子自己也在冷靜地觀察假新娘。他總覺得有哪裡不對勁，好像哪裡怪怪的。雖然不知道問題究竟出在哪兒，但他心裡總有一種說不上來的感覺。

年屆適婚期的王子早從結婚前開始，就一直是宮中女性傾慕的對象。那崇高的地位，吸引了來自各名門世家的適婚期女性圍繞在他身邊。

那些以低胸晚禮服或寶石打扮得花枝招展的女性，臉上總透露出強烈的虛榮心和欲望。王子早已看膩了那樣的面孔。

所以他才想娶心思單純、不諳世事的女孩為妻，誰知道……而且新娘的長相也跟結婚前交換的肖像畫判若兩人，這一點同樣令他耿耿於懷。

而且新娘的行徑跟圍繞在王子周圍的那些女性比起來，並沒有什麼兩樣。

她總是毫無節制地購買珠寶或訂製昂貴的禮服，好像為了填滿內心的渴望似地。除此之外，她還很擅長算帳，可以毫不遲疑地向中間商討價還價。

照理來說，新娘應該是被捧在手掌心上的大小姐，但她卻做得出如此寒酸的事情，這令王子感到十分驚訝。

不僅如此，兩人的新婚之夜也令王子起疑。雖然對方就像一般人一樣表現出矜持的模樣，但王子隱約感覺新娘似乎已經不是處女了。而且一開始的矜持只維持一小段時間而已，如今反而為了滿足自己的貪欲而主動求歡。只要王子稍微疏忽床笫之事，對方就會不高興，並且主動提出要求。

這樣的女孩真的是從小被捧在手掌心上的尊貴公主嗎？

事實上，王子有一個交往已久的愛人。她是一個出身卑微的女性，王子每個月會給她一筆生活費，並提供簡單的房子給她居住，兩人之間甚至還生了孩子。

那女人無欲無求，也不覬覦寶石或土地。關於王子要結婚一事，她也從未過問。王子只要和她在一起，就感到相當安心。因此自從對新娘感到失望後，王子又開始頻繁地前往愛人的溫柔鄉。

獨守空閨的假新娘因為無所事事，只好整天與侍女們嚼舌根、參加舞會或熱中於打扮自己。雖然她知道這就是王公貴族的日常生活，但還是不免感到失望。難道這就是她夢寐以求的王子妃的生活嗎？

明明實現了願望，為什麼卻有種空虛的感覺呢？

不知從何時開始，變裝溜出皇宮，跑去養鵝寮探索，成了假新娘不為人知的樂趣。只要看見公主穿著一身破爛，被人斥責、使喚的模樣，她的鬱悶就會一掃而空。唯有這種時候她才會感到痛快，抹去平日累積的所有不滿。

這一天，假新娘再度在臉上塗滿煤炭，披著黑色斗篷偷偷來到養鵝寮。就在她快到養鵝寮時，突然發現有人經過，便急忙找地方躲了起來，原來公主和柯德亨正要把鵝群趕到原野上去。

嘎、嘎、嘎，鵝群吵得簡直像在舉辦祭典一樣。假新娘一會兒躲在樹蔭下，一會兒躲在廢棄房舍，一路偷偷尾隨著他們。

將鵝群放牧至草原上以後，柯德亨與公主一邊看著牠們吃草一邊休息。在萬里無雲的晴空下，兩人就地坐在一望無際的綠色草原上，然後拿起掛在腰際的水壺開始喝水。

「不過話說回來，其實仔細一看，妳長得還滿漂亮的嘛。」

柯德亨坐下來喘口氣後，悄悄把手伸向公主的頭髮。公主嚇了一跳，趕緊撥開他的手。

「感覺妳一點也不像我們這種出身卑微的人啊。」

少年沒有惡意，只是講話不假修飾又不經大腦。公主還不習慣別人這樣對待她，所以不由自主對少年採取自我防禦的態度。

不過這樣下去是不行的，公主一想到自己會被欺負，就強裝鎮定地威脅他道：「別碰我，否則你又要去追帽子囉！」

「妳真是個奇妙的女孩，妳到底是何方神聖啊？」

公主瞬間露出神祕莫測的笑容。

「別問這麼多，我已經發誓絕不告訴任何人了。」

兩人的對話隱約透露出公主出身並不卑微的事實。

「發誓？真是夠了，妳以為妳是誰啊？」

少年語帶玩笑地咯咯笑著。

「反正像我們這些沒錢的牧鵝人是不可能翻身的，我們這一輩子都要追著嘎嘎大叫的鵝屁股後面跑了。不過，做做白日夢也是妳個人的自由啦。」

反正事實就是這樣吧。看看現在的自己，就算她聲稱自己是公主，也沒有人會把她當一回事了，只有法拉達……

假新娘全身裹著黑色斗篷，躲在暗處偷偷觀察著兩人。少年不假思索地朝公主伸出手，試圖抓她的頭髮。只見公主身體一僵，慌忙躲了開來。不管是任何人來看，都會覺得那是青春期少年與純潔少女的自然互動。

好羨慕啊……假新娘意識到自己的想法後，不禁嚇了一跳。她明明已經飛上枝頭變鳳凰了，幹麼還要羨慕那個灰頭土臉的公主呢？

她不是已經把那個可恨的公主逼到無路可退的境地了嗎？她不是已經成功達成所有的計畫了嗎？

可是下一秒鐘，假新娘眼中看到的，卻是不可置信的一幕。

「吹吧，吹吧，風神啊。」

公主一開口唱歌，周圍就捲起一陣狂風，把少年的帽子吹走，少年拚了命地追在帽子後面跑。

那畫面真實地在假新娘眼前上演。

「這是怎麼一回事？」

假新娘全身不停地顫抖，她突然覺得公主不再是她原本認識的公主，而是一個充滿威脅的存在。她本來以為公主只是個不諳世事的黃花閨女，但她從沒想到公主竟然會使用這種魔法。

「她該不會是假裝中計，等著哪一天找機會對我報仇吧？她該不會在尋找陷害我的方法吧？」

一想到這裡，假新娘突然感到一陣恐懼。

「我不能留她活口。」

假新娘默默下定決心。

「……妳為什麼要這麼在意那個牧鵝女？」

「她是個可怕的女人。」

假新娘將自己看到的事情一五一十地告訴王子，並聲稱是心腹向她稟報的。

「她會使用巫術，她是個女巫。」

當時，歐洲各地正興起一股獵巫潮，很多被懷疑與惡魔締結契約、使用巫術的女人陸續遭到逮捕，並在經過一番嚴刑拷打後被處死。

聽完假新娘的話，王子也臉色大變。

「怎麼會有那麼恐怖的事，必須立刻把她抓來審問才行。」

於此同時，國王則聽到了一則奇怪的傳聞。聽說有個女孩每次經過城門時，名駒法拉達的頭都會對她說話，而且好像還稱呼她為「公主」。

「沒錯，牠確實稱呼她為公主，這是千真萬確的事。」

最初告訴別人這則傳聞的大臣被帶到國王面前，儘管內心相當恐懼，但還是篤定地說出這番證言。

為什麼法拉達會稱呼那個蓬頭垢面的牧鵝姑娘為「公主」呢？

國王暗自做出決定以後，某天早晨，他假扮成一個髒兮兮的流浪漢前往養鵝寮，一路躲躲藏藏地跟隨著柯德亨與女孩前往草原。

嘎、嘎、嘎，鵝群一如往常地發出嘈雜的聲音。衣衫襤褸的女孩與柯德亨追趕在鵝群後頭。

終於，他們來到了城門前。國王躲在城牆邊的陰暗處，豎起耳朵仔細聆聽——

「公主殿下，您要從這兒過去是嗎？」

名駒法拉達確實是這麼對女孩說的。

「如果您母親大人看見這一幕，她一定會心碎的。」

……母親大人會心碎？這是什麼意思？

聽見這些話的國王在回去的路上陷入沉思，反覆思索這句話究竟是什麼意思？而他接下來又該怎麼做才好？

不過王子在假新娘的慫恿下，堅持要逮捕公主。於是公主遭到逮捕以後，被五花大綁帶到國王面前。

儘管女孩嚇得渾身發抖，但旁人都看得出來，她自始至終都保持著不卑不亢的姿態。

「……聽說妳會使用巫術？」

「我從來就不曾做出那種恐怖的事情。」

「妳不是每天早晚都會跟城門上的馬頭說話嗎？」

「因為那匹馬會說話，我只是回答牠而已。」

「那妳每次唱起某種咒語，就會吹起大風這件事，妳又怎麼解釋？」

「無稽之談。我只是個微不足道的牧鵝女，不可能具有那種能力。」

「可是我們有目擊證人，柯德亨也出面證實了。既然妳使用了巫術，我們只好把妳視為女巫了。妳應該也知道女巫在我們國家會受到什麼樣的制裁吧？」

公主的臉色變得更加慘白，但她並沒有卑微地哀求國王饒命，反而揚起頭來維護她最後一絲尊嚴，這令國王十分意外。

在當時那個年代，所有被懷疑是女巫的人，首先會進行所謂的女巫識別法。

當時的女巫識別法有兩種，其中一種是「針刺法」。

當時的人認為，惡魔會派化身為家畜的「使魔」當女巫的手下，女巫則會將自己的血液分給這個使魔。因此，惡魔學家主張女巫因為會讓使魔吸取自己的血液，所以她們身上某處會留下像印記或傷痕之類的證據。

因此，當女巫嫌疑人遭到逮捕後，異端審問官就會以尋找女巫標記為由，將被告全身赤裸地綁在拷問臺上，仔細檢查她的身體。除此之外，他們還會剃掉全身上下的毛髮，試圖找出任何一丁點證據。

其次，審問官聲稱那些有惡魔標記的位置，因為巫術的關係，應該不會有任何的感覺，因此他們會用針去刺探哪個部位是麻痺的，然後用針深深地刺遍被告的全身上下，讓人生不如死。之後甚至會用針刺眼皮底下、舌頭底下或性器官。

如果這樣仍無法判別的話，還有另一種方法。

由於當時的人相信女巫會浮在水面上，因此他們會將被告的手腳綑綁起來，丟進名叫「女巫浴池」的浴槽裡。如果被告浮出水面，她就會被判定為女巫。面對這樣的情況，再怎麼擅於游泳的人，恐怕也束手無策吧。

公主得知自己即將接受這些拷問後，嚇得不知所措。她被關進冰冷的石窖中，整晚都在恐懼中度過。然而，她對於該如何應付這種突如其來的不幸遭遇，內心一點想法也沒有。

「母親大人，我到底該如何是好？」

她在藍天之下發過誓，如果沒有那個誓言的話，她就可以坦誠公開一切了。可是一旦破壞誓言，她恐怕會遭到比眼前處境更恐怖的天譴吧。

當時的時代氛圍就是如此。人們相信神與惡魔的存在，並且以此做為生活的準則。

「喂，起來了！」

公主昨晚在冰冷的石窖中，聽了一整晚外頭在替她搭建處刑臺的恐怖聲響。即使如此，她還是哭著哭著就睡著了。再度睜開眼睛時，就是被這陣粗魯的叫喚聲給吵醒。

兩名剽悍的獄卒一左一右架起公主，把她拖到國王的面前。

「從實招來，妳究竟是何方神聖？」

突然被國王這麼一問，公主驚慌得不知所措。

在國王眼中看來，他實在無法就這樣判定這女孩是女巫。因為她即使被帶到他面前，在那樣的威脅之下，儘管嚇得面無血色，卻依舊沒有失去那不卑不亢的態度。

若非成長於身世顯赫的家庭，她絕不可能表現出那樣的態度。更何況名駒法拉達還說過那樣的話。馬與人不同，馬是不會說謊的。

「無可奉告。」

公主嚇得臉色發白，但還是頑固地搖著頭答道。

「我已經對某人發誓了，我不能夠違背誓言。」

「可是，妳如果不從實招來，就會遭到嚴刑拷打。假如被判定為女巫，妳可是會被活活燒死喔。」

公主不禁嚇得渾身發抖，但還是默默忍耐著。

「我已經對天發誓了，我不能夠破壞誓言。」
國王從那緊閉的雙唇中看出她的堅決。對於這個女孩的來歷，他無法再多加質疑了。
「我明白了。既然如此，那只剩唯一一個可行的辦法了。」
公主疑惑地抬頭看著國王的臉，不知道他究竟會說些什麼。接下來，公主被帶到隔壁小房間角落的大型暖爐旁。
「妳進去這裡面吧。」
「什麼？」
公主不明所以地反問道。
「進去暖爐裡面，然後把妳內心想的事情，還有積在心裡的事情全部說出來。如果是對著暖爐說的話，就不算破壞誓言了吧？」
說完，國王命人解開公主身上的繩結，留她一人待在暖爐旁邊。
突如其來的轉折令公主不知所措，最後她終於下定決心似地，小心翼翼地走進爐火漸滅的暖爐當中。
公主環視周圍一圈，沒看到任何人。她稍微鬆了口氣，然後如洪水潰堤般，一口氣講出先前一直壓抑在心底的千頭萬緒。

「……該從何說起才好呢？」

公主在暖爐中潸然淚下，感覺所有事情都已經無所謂了。

「就算把我身上發生的不幸遭遇說出來，恐怕也沒有人會認真當一回事吧。但那些事情確確實實發生在我身上。

「我是在父王與母后慈祥的關愛下長大的公主。為了嫁給王子殿下，我帶著侍女從城堡出發，而這就是我不幸的開端。

「侍女背叛了父王與母后的信賴，不把我放在眼裡，不但搶走了我的衣服和坐騎，還代替我假扮成公主。然後她要我對天發誓，絕對不能把她的行徑說出去。

「從那天起，我的命運就出現了一百八十度的大轉變。以前我在城堡裡過著無憂無慮的生活，如今卻淪為我從來沒做過的牧鵝女。侍女則代替我坐上了這座城堡的王子妃的位置。

「最可憐的就是從頭到尾被蒙在鼓裡的王子殿下了，但我實在不可能稟報王子殿下這件事，而且就憑我這個一身破破爛爛的牧鵝女，不管說什麼都不會有人相信吧。」

把耳朵貼在暖爐出風口的國王，把這一切都聽進去了。他聽得出來，女孩發自內心深處的嘆息聲，是來自心底最真實的吶喊。

豈有此理，我們竟然犯下如此嚴重的錯誤。國王立刻前去尋找王子。

在當天的晚宴中，假新娘按照慣例坐在王子的身旁，另一側則坐著另一名女子。不知為何，那名女子用面具遮住半張臉，讓人看不清楚她的長相。

「……您這又是在演哪齣戲啊？」

假新娘一心以為那名女子肯定是王子的寵妃，瞬間臉色大變地質問道。

「今天舉辦這場宴會，目的是為了讓我出盡洋相嗎？」

「妳先冷靜一下。」

國王沉穩地插嘴道。

「為人善良的王子怎麼可能想得出那樣的事呢？」

「……」

「今天有一個比那更有趣的故事。」

國王若無其事地切入正題。

「故事是這樣的，某個國家有一個壞心眼的侍女，她陷害自己服侍的公主，並取而代之假扮成對方。侍女假裝成公主嫁給鄰國的王子，而遭到陷害的公主則淪落為下人。之後假新娘就這樣以假的身分成為王子妃。對於犯下如此惡行的女子，妳有何看法？」

「真是個惡毒的女人啊。」

假新娘的眼神微微一亮。她原本就很喜歡這種給予罪犯殘酷懲罰的話題，因為她覺得這樣能夠讓她抒發平日累積的欲求不滿。

因為喝了不少葡萄酒，在酒精的催化下，她變得比平常更加暢所欲言。對於國王直接詢問她的意見，心裡也感到十分滿足。

「如果是我的話，就會這樣懲罰她：先把她全身的衣服脫得精光，然後塞進一個釘滿無數大釘子的木桶裡，讓兩匹白馬拉著她在街上拖來拖去。這樣才能讓她嘗盡痛苦的滋味……對於犯下如此重罪的女人，這就是最好的懲罰。」

喝得醉醺醺的假新娘喋喋不休地說著。周圍的人不知不覺沉默下來，她絲毫沒注意到所有出席者的眼光全都投射在自己身上。

不，她只是覺得大家之所以對她投以注目禮，是因為他們佩服她的想法罷了。

「原來如此，把人塞進釘著大釘子的木桶裡啊。」

那是當時對重罪犯常施行的刑罰中，最為殘忍的一種。

「好主意，妳剛才已經宣判了自己的罪刑。」

聽國王這麼一說，假新娘瞬間驚醒過來。她搖搖晃晃地想從座位上起身，但一切都太遲了，身邊不知何時出現兩名全副武裝的男人，一左一右拿著長槍對著她。

恐懼的尖叫聲傳遍整個宴客廳。假新娘拚命試圖逃脫，卻只能無謂掙扎。兩名士兵從左右兩側架住她以後，立刻用粗繩將她的手反綁在背後。

「再掙扎也沒有用，妳必須為自己犯下的罪行接受懲罰。」

「不、不要！饒我一命吧！」

王子和公主並肩坐在廣場看臺上，被帶到他們面前的不是別人，正是到昨天為止還很風光的假新娘。

只見她衣衫不整地被士兵一左一右地架著，胸前領口大開，幾乎是半裸著上身，整個人披頭散髮地大聲咆哮，如同野獸一般激烈地抵抗著。怎麼看都不像昨天為止還一身華麗裝扮端坐在王子身旁的人。接著，幾名彪形人漢將一個大木桶搬進刑場。從外觀看來是極其普通的木桶，但內部的桶壁上卻布滿了無數尖銳的釘子。

這個光用看的就很嚇人的刑具，就是假新娘即將被送進去的地方。

「啊——救命啊！放開我！」

幾名男人抱起尖聲哭叫的假新娘，一把將她塞進木桶裡。接著從上面蓋上蓋子，再用粗釘子咚咚咚地釘死蓋緣。這樣一來，不管假新娘再怎麼哭喊掙扎，都不可能從木桶中逃脫出來了。

王子和新娘冷眼旁觀著一切。這時，兩匹白馬被牽到他們面前，接著裝著假新娘的木桶被牢牢地繫在兩匹馬後面。

最後，有人朝著馬背用力揮鞭，馬兒瞬間開始全速奔跑。後頭的木桶發出嘎啦嘎啦的駭人聲響，一路顛簸而去……

「啊——！」

木桶裡傳來第一聲慘叫。雖然從外面看不見，但木桶內部無數尖銳的釘子，不斷地扎著假新娘的身體。

此時此刻，那些釘子應該正劃破她的肉，削下她的肉，深深刺進骨頭，並和著血水，將那具女性胴體摧殘得支離破碎吧。

見到如此驚悚的畫面，公主不禁別過她的臉。王子也一臉慘白。就算她是令人深惡痛絕的罪犯，但至少到昨天為止，王子始終相信她就是新娘，並且愛過、撫摸過她的肉體。

如今那女人的身體從上到下被切割得殘缺不全，肉不像肉，骨不像骨，全部化為慘不忍睹的肉泥。

「不要看、不要看了。」

王子輕聲耳語著，並將公主的臉摟向自己的肩膀。

「這對妳來說果然還是太過衝擊了，早知道就不該要妳過來。」

不過，公主儘管眼淚撲簌簌地流，整個人嚇得快喘不過氣來，但要說她心中沒有一絲痛快感，肯定是騙人的。

她無論如何都想親眼目睹這一切，看看那個嘲弄她、陷害她，把她推進痛苦深淵的女人如何遭到報應。

這樣的情緒到底是從何時開始滋長的呢？公主不禁感到內疚。

她曾經在城堡裡過著恬靜而滿足的生活，不曾憎惡誰也不曾怨恨誰。

從小集父母的愛於一身，周圍又有僕人伺候，根本不可能滋生或激起那樣醜陋而激烈的情緒。

那種東西與當時的她完全沾不上邊。

王子和公主決定出席這場行刑各有各的理由。王子是為了確認自己因為愚蠢而讓公主一度陷入不幸的罪過，所以想要將這件事情永遠烙印在心裡。

而公主呢……則是為了再度確認自己的不幸終於要在這一天告一段落，從此以後自己真的能夠過著幸福快樂的日子。

大木桶在路上滾來滾去，不時傳來假新娘悽慘的尖叫聲，血水從木桶的縫隙間汩汩流出，把地面染得一片鮮紅，公主目不轉睛地注視著這一幕。

一定要看清楚才行，一定要睜大眼睛看清楚才行。如果當初走錯一步的話，今天就會是她淪落到這個下場了。神做出了公正的裁決……

眼淚不由自主奪眶而出，公主默默把臉埋在王子的肩上。王子牢牢地抱緊公主。兩人的心思無疑在這一刻合而為一。

✣寄宿在「三滴血」中的靈力

身為公主母親的皇后，在女兒出嫁前給了她一小塊滴了自己三滴血的布，交代她絕對要隨身攜帶。

根據心理學家貝特漢在著作《童話的魅力》中所述，「三」這個數字代表的是「性」，理由是因為男女的性徵都有三個，分別是男人的兩顆睪丸加一根陰莖，和女人的兩個乳房加一條陰道。

關於「血」的部分，從古巴比倫尼亞或亞述開始，人們就有一種代代相傳的信仰，也就是認為血是具有靈力的。

《童話的深層》作者、日本歷史學家森義信，曾經介紹過一個例子，即古日耳曼各族群之間在談和或締結盟約時會以血做為證明，因為血是一種代表貴族尊貴性或血統純正性的證明。

因此，根據森義信所述，皇后滴在布塊上的三滴血，是兩家締結婚約的象徵，同時也用來證明公主的尊貴性。

簡言之，血具有一種靈力，只要公主隨身攜帶滴了血的布塊，就可以像護身符一樣持續受到那股靈力保護。所以公主在失去布塊的瞬間，等於失去了一切抵抗力，由此也就可以理解，她為什麼不得不對侍女言聽計從了。

侍女假扮成公主成為王子的妻子，可憐的公主被迫成為身分卑微的牧鵝女。接著公主騎乘的那匹會說話的名駒法拉達，在侍女的詭計下被砍下了頭，後來牠的頭掛在城門上。

公主每天早上經過城門時，都會小聲地說：「法拉達呀，你就掛在那裡啊！」然後法拉達會回答她：「如果您母親大人知道的話，她會有多麼哀痛啊。」

這裡與其說法拉達是在同情公主的命運，反倒像是在對無法反抗命運的公主喊話，責備她性格中的懦弱之處。

既然失去了母親給的具有靈力的血布，從此以後公主勢必得以一名普通女性的身分自食其力，不能再依賴任何東西，那麼最後的結局又是如何成立的呢？

在故事中，公主似乎從未抵抗，默默地接受了自己的命運。不過，根據貝特漢所述，公主為了堅守與侍女之間的誓言，即使遭到訊問也堅決不開口，這個部分代表的是公主崇高的道德。

從反面的意義上來說，這可以認為是公主的自我開始萌芽，同時也正因為她忠實地堅守了自己的信念，所以最後才能夠獲得拯救，迎向幸福快樂的結局。

而取代公主與王子結婚的侍女，最後則迎來悽慘的結局。在格林童話中，經常出現這種乍看之下似乎不太適合兒童閱讀的殘酷描寫。

我們總認為這樣的敘述是不是會嚇到孩童，但貝特漢卻提出完全相反的見解。他認為兒童看到壞人遭遇殘酷的下場後，反而會因為壞人因其本身的罪行受到相應的懲罰，而感到安心。

✦殘酷至極的刑罰真相

無論遭到多麼嚴厲的質問，公主都堅持自己發過誓，所以不願透露侍女對她採取的行為。直到國王要她對著暖爐說話，她才好不容易把真相和盤托出。

根據貝特漢所述，當時的人將暖爐視為家中神聖的場所。而據森義信的說法，從前在德國地區，家裡有暖爐的地方就是家靈棲息之處，想要結婚的女孩會在這裡祈禱，嫁進來的女性也會先向那個家的暖爐致意。

格林童話中也有一篇童話，名字就叫〈鐵爐〉。故事內容講的是一個王子遭到女巫詛咒，被禁閉在鐵爐當中，最後由公主拯救出來。

惡行惡狀被揭穿之後，侍女遭到嚴刑峻罰。她被脫光衣服丟進內側布滿無數釘子的木桶中，然後由兩匹白馬拖著木桶在街上四處亂竄，死狀悽慘。

而且說起來，這個刑罰還是侍女在一無所知的情況下，自己對自己宣判的刑罰。對此，貝特漢表示：「這顯現出侍女的邪惡，而正因為她的邪惡，所以才會想到如此殘酷的刑罰。」簡言之，心存歹念的人，最後往往會被自己的歹念給殲滅。

話說回來，格林童話中有很多故事出現殘酷的刑罰。在眾所皆知的〈白雪公主〉當中，意圖殺害公主的皇后被迫穿著燙紅的鞋子狂舞至死；在〈灰姑娘〉中，兩個邪惡的壞姊姊則被鴿子啄瞎雙眼、挖掉眼球。

其他還有被野獸咬得支離破碎、被放進木桶丟入河中、身體被碎屍萬段、被丟進滾燙的熱鍋中、被五馬分屍、被活活燒死等，形式千差萬別。當時，那樣的處刑方式的確曾經在現實生活中上演。

對於侍女刻意說出：「把罪人塞進釘滿無數大釘子的木桶裡，讓兩匹白馬拉著她在街上拖來拖去。」貝特漢的解釋如下：

或許是因為在她的命令下遭到斬首的法拉達是公主的坐騎，所以才是代表純潔的白馬吧。此處侍女刻意說：「讓白馬拉著她在街上拖來拖去。」是因為她在潛意識中對於殺害法拉達一事懷抱著罪惡感。

IV

夏天的庭院與冬天的庭院

The Summer and Winter Garden

美女獻給
野獸的真愛

寒冬中，玫瑰依舊盛開的神奇庭院……
為了交換其中一朵盛開的玫瑰花，
美麗動人的貝兒出發前往野獸的家。
一段發生在雄偉城堡中的愛情故事。

*

選自格林童話的故事

因父親事業失敗，家道中落。一家人從原本住的豪宅搬到簡陋的小屋。辭退多名僕人後，三姊妹必須親自動手煮飯、打掃、洗衣服，包辦所有家務事。

雖然是三姊妹，但正確說來，真正包辦家務事的只有小妹貝兒一人而已。兩個姊姊還是和以前一樣，三不五時參加音樂會或出席派對，打扮得花枝招展地四處玩樂。兩個姊姊絲毫不願意面對現實。

儘管正值青春芳華，三姊妹又都出落得亭亭玉立，但自從家道中落以來，上門提親的人就明顯減少許多。即使如此，貝兒依然樂觀以對，每天都勤勤懇懇地在做事。唯一令她擔心的，只有疾病纏身的父親而已。父親在破產以後，設法向認識的人籌了一筆錢，有樣學樣地開始進行小本生意。

每天傍晚看著父親勞碌奔波一整天，筋疲力盡回到家的樣子，貝兒就感到一陣心痛。所以家裡雖然簡陋，她總是打掃得乾乾淨淨；儘管貧窮，卻總是準備好營養豐盛的料理。

「爸爸，您回來啦。」

今天還好嗎？工作還順利嗎？來到門口迎接父親的貝兒，擔心地窺探著父親的表情。

看到父親疲憊無力的模樣，貝兒也會感到很哀傷。不過當父親心情好的時候，貝兒也會感到很高興。

「……妳姊姊呢？她們出去了嗎？」

父親一邊換衣服一邊問。

「呃、嗯……」

關於姊姊們今天又去參加派對一事，貝兒實在說不出口。她們明知道家裡已經快坐吃山空，根本沒有多餘的錢可以揮霍，她們卻寧可借錢也要訂製昂貴的禮服。

貝兒無法忘記父親拆開請款單時，面露難色的樣子。

如果她能夠再多替爸爸分憂解勞就好了，可是身為女孩的貝兒，能做的事情實在有限。

「今天工作還順利嗎？」

「嗯……客人沒有想像中多，店裡一整天都沒什麼生意……」

父親垂頭喪氣地走進浴室。至今為止，她已見過多少次那樣的背影呢？父親頭髮裡參雜著一些白髮，日益削瘦的臉頰明顯呈現出老態。

貝兒再次心想，她不可能在這種狀況下結婚，丟下那樣的父親不管。就算姊姊們以後嫁人，她也必須繼續留在家裡照顧父親才行。

一天，父親準備出發前往遠方的城市進貨前，詢問三個女兒想要什麼樣的紀念品。

「我想要漂亮的洋裝。」

「我想要帽子，而且是現在最流行的款式。」

兩個姊姊爭先恐後地嚷嚷著，她們明知道父親手上沒有那麼多錢。貝兒哀傷地看著父親。

「……妳想要什麼呢，貝兒？」

被父親這麼一問，貝兒陷入沉默，她實在不知道該怎麼回答才好。

「我什麼都不需要，爸爸。」

「怎麼會呢？妳跟妳姊姊她們一樣都是青春正盛的少女啊，妳想要洋裝？帽子？還是手套呢？」

「我不想要那些東西，硬要我選的話……」貝兒思考了一下，「請幫我帶回一朵玫瑰花吧。」

她的回答令眾人跌破眼鏡。如果只是那樣的話，隨便在路旁都能找到一朵吧。

「玫瑰花是嗎？這樣的紀念品很適合溫柔婉約的妳呢。」

父親臉上露出一抹不捨的微笑。貝兒的用心，他再清楚不過了。

不過，事情並不如想像中順利，尋找玫瑰花是一項極為困難的任務。仔細想想，現在正值嚴冬，就算找遍每一家花店、每一座庭園，都不可能找到半朵玫瑰花。

不巧的是，那一天還刮著大風雪。在迎面而來的大雪中，父親承受著冷冽的寒風吹襲，舉步維艱地行走在森林裡，接著他赫然發現前方的白霧中，矗立著一座巨大的城堡。

雖然一度感到遲疑，但他的雙腳已經凍僵了，肚子也餓扁了，於是心一橫便踏進城堡內，打算向主人借宿一宿。奇怪的是，原本纏繞在一起的地錦，瞬間開始朝兩側分開，自動拓出一條路。

沿著石階而上，一座看似歷經數世紀風霜的壯麗城堡昂然矗立眼前，拱形的鐵門也自動打開迎接他入內。

穿過石造的迴廊，沿著大理石階梯而上，他來到一座大廳，大廳暖爐裡的火正熊熊燃燒著。偌大的餐桌上擺著銀盤，還有各種熱騰騰的美味佳餚。

這裡究竟是誰的家呢？這一連串奇妙的事情又是怎麼回事呢？

想到這裡，父親感到有些不安，但他已經餓到極點了，甚至連在腦海中反芻那些疑問的餘力都沒有。他不顧一切地衝向餐桌，狼吞虎嚥地大啖起一道又一道的山珍海味。

隔天早上醒來後，他在城堡內四處探看呼喊，想為自己擅自登門借宿一事道歉，卻沒有任何人應聲。難道這裡是一座無人的城堡嗎？既然如此，那些豪華的菜餚還有熊熊燃燒的暖爐，又是為誰準備的呢？

不祥的感覺愈來愈強烈，父親決定盡快離開，就在他穿過玄關時，突然發現門口旁邊開著紅色玫瑰花，而且明明是冬天，卻長滿整片的花蕾。

昨天晚上天色太暗了，所以他沒注意到這一切。

真是太幸運了，他要把這個帶回去當作給貝兒的紀念品。就在他喜出望外地朝著玫瑰花梗伸出手時……

地面突然傳來嘎啦嘎啦的巨大聲響，他嚇得差一點跌坐在地。下一秒鐘，眼前出現一隻外形猙獰的野獸。

巨大的身體布滿毛髮，手腳前端長著銳利的長爪，嘴角還露出尖銳的獠牙。

被那雙猙獰的巨眼一瞪，父親不禁嚇得渾身發抖，一不小心就摘下了握在手中的玫瑰。

「你這個不知感恩的傢伙……」

耳邊傳來野獸震耳欲聾的聲音。

「擅自闖入我的城堡，吃我的東西，睡我的床。這也就算了，竟然還想偷摘我最寶貴的玫瑰花。」

「請、請您原諒我。請您原諒我！我真的不曉得這是您的城堡，我只是一個迷路又飢餓難耐的人而已。」

「……只要你交出最珍貴的東西，我就原諒你。」

野獸露出殘酷的奸笑。

「你有女兒嗎？」

「我、我有三個女兒。」

「你把其中一個帶來這裡，我就願意饒你一命。」

到底該怎麼辦才好？父親好不容易冒著大風雪踏上回家的路，心裡卻悲痛欲絕地思考著這個問題。

他不能夠讓愛女犧牲在那麼恐怖的野獸手中。可是在三個女兒中，又有誰肯前往野獸的家呢？

回到家以後，父親的心情愈來愈沉重。女兒們看到他那不尋常的模樣，還以為只是因為他在大雪中步行了一整晚的緣故。

滿心疑惑的貝兒，一邊協助父親換下濕透的衣裳，一邊勸他吃些溫熱的食物，但父親不僅一口飯也不吃，整個人還失魂落魄地癱倒在長椅上。

「心愛的貝兒啊，我按照約定替妳帶回了一朵玫瑰花，不過妳不會明白這朵玫瑰花的代價有多昂貴……」

然後，他斷斷續續地把昨晚發生的事說給女兒們聽。聽完以後，三個女兒全都嚇得噤聲不語。

在一陣沉重的靜默之後，其中一個女兒開口了。

「太恐怖了吧，誰敢去那個可怕的野獸家啊。」

「就是說啊，我想爸爸也一定不會命令我們去吧？」

「可是，」一直保持沉默的貝兒，喃喃自語地開口了，「那頭野獸說，如果我們之中沒有人去的話，爸爸就會沒命吧？」

兩個姊姊誰也沒有回答。

「就算爸爸被殺死了，姊姊們也無所謂嗎？我沒辦法接受。如果是那樣的話，倒不如讓我去送死還比較好。」

當貝兒回頭望向父親時，那緊閉的雙唇已然透露出她的堅決。

「讓我去吧，爸爸。野獸並沒有指定要我們三人之中的誰過去，對吧？既然如此，就由我去吧。」

「怎麼可以……」

父親無法接受地搖著頭。為什麼偏偏是貝兒呢？她是他最心愛的小女兒啊。他根本無法想像，失去她以後，人生要怎麼過下去。

「野獸只是要您帶其中一個女兒過去而已，又沒有說一定會殺死我。」

「那頭野獸那麼可怕，妳不可能平安無事地回家的。」

「不試試看怎麼知道呢？我無法眼睜睜地看著爸爸遭到殺害。我還很年輕，況且我又是女生，如果由我出面，或許有辦法安撫那頭野獸的怒氣也不一定。」

結果貝兒還是說服了堅決反對的父親。

前往野獸城堡的路途非常艱辛。陷入絕望的父親一路上踏著蹣跚的步伐，幾度搖搖欲墜，貝兒好幾次奮力扶起他來替他打氣。

好不容易抵達城堡後，年邁的父親留下貝兒一人獨自離開，難以想像此刻的他會是什麼樣的心情。但即使在這種時刻，貝兒依舊強忍著淚水，在臉上擠出一抹微笑。

「請您別傷心，爸爸。況且我又不一定會死，就算那頭野獸再怎麼恐怖，我相信神一定會保佑我平安回家，再次回到爸爸和姊姊們身邊的。請您為我祈禱吧。然後別再哭泣了，眼淚是不吉祥的。」

在貝兒的勸說下，父親老淚縱橫、步履蹣跚地踏上來時的路，把貝兒獨自一人留在城堡裡。

父親回去以後，原本一直故作堅強的貝兒，終於也忍不住卸下了偽裝。野獸究竟打算對她做什麼呢？牠會折磨她嗎？還是會張開血盆大口把她吞得屍骨無存呢？

勇敢如貝兒，也不由得泛起一股恐懼。就在她滿懷不安地顫抖之際，「轟隆隆——！」周圍突然響起一陣震耳欲聾的聲響，簡直要把天地都翻過來似地。

然後下一瞬間，面目猙獰的野獸出現在貝兒眼前。

貝兒嚇得渾身發抖，但還是故作鎮定地按捺著情緒。

「妳就是貝兒嗎？妳就是那個商人的小女兒？」

「是、是的，就是我。」

「確實如傳聞所說，是個標緻的美人。歡迎妳來到這裡。」

「主人，我發誓從今以後會全心全意地效忠您，有什麼事情您儘管吩咐。」

「別叫我主人。」

野獸駭人的聲音迴盪在城堡裡。

「妳就是這裡的主人，我才是負責伺候妳的僕人。」

貝兒還搞不清楚怎麼一回事，就看見野獸對她招了招手。

「跟我來，我帶妳參觀這座城堡。」

野獸說完隨即邁開步伐，貝兒滿心疑惑地跟在他身後。他帶她參觀遍整座城堡，城堡裡的房間多得數不清。

每個房間的天花板都裝設著奢華的水晶吊燈，窗前覆蓋著厚實的錦緞窗簾，天花板上有描繪天使與眾神的名貴壁畫，而四周的牆壁上則裝飾著手工精巧的掛毯和巨幅名畫。從波斯進口的絨毯、椅腳曲線優美如獸足的椅子和桌子、大理石暖爐……

「打開看看。」在野獸的指示下，貝兒小心翼翼地打開門上有精緻雕刻的巨大衣櫥。一看之下，裡面竟然掛滿各色各樣令人目不暇給的絲綢或錦緞洋裝。

在野獸的催促下，貝兒接著打開桌上珠寶盒的蓋子，結果裡面竟然裝滿鑽石、紅寶石、藍寶石等各種她從未見過的豪華飾品。

「這些全都是妳的東西，妳可以隨心所欲地使用。」

儘管身處在恐懼之中，貝兒仍不禁心想，這些簡直就像特別為剛進門的新娘用心準備的東西，而且不知為何，她心中隱約湧起一股安心的感覺。

如果野獸打算立刻把她吞下肚，應該不會特地為她準備這些東西才對。

「妳才是這裡的主人，任何東西都可以隨意使用，而且還有很多僕人會伺候妳，有什麼事儘管吩咐就是了。」

「可是……」貝兒懷抱著疑惑，戰戰兢兢地開口問：「請問主人究竟希望我為您做些什麼呢？」

「我不是說了嗎？不要叫我主人。」

「那、那要叫？」

「叫我野獸先生。」

「那麼野獸先生，我在這裡究竟該做些什麼才好呢？我以為我是被送來這裡服侍您的。」

「妳只要活著就好了。」

「……」

「只要活著，並且陪在我身邊就好了。就算整天只是戴著這些珠寶、穿著華服照鏡子也沒關係。或者妳想打發時間，也可以彈奏大鍵琴。再不然圖書室裡有上千本古今中外的藏書，也可以任妳翻閱。總之，妳愛做什麼就做什麼，只要在我身邊陪著我就好。」

老實說，貝兒完全無法理解這是怎麼一回事，甚至還感到不太舒服，但她並沒有勇氣實話實說。

「我每天會來這裡一次，然後我可能會來跟妳聊聊天，還會看看妳吃飯喝茶的樣子，偶爾或許也想聽聽妳彈奏大鍵琴的音色，在那之後呢，我可能還會問妳一個問題。」

「問題？」

「妳想怎麼回答都行。好了，我要離開了。明晚見。」

說完，野獸再度在震耳欲聾的地鳴聲中離去，留下不知所措的貝兒。

於是，貝兒在城堡中的奇妙生活就此展開了。

她覺得這樣的生活簡直就像被判緩刑的死刑犯一樣，不曉得哪一天野獸會要了她的命。自己的命運全都掌控在野獸手中。

雖然野獸說她才是這裡的主人，但牠會不會是在拿她尋樂呢？

貝兒簡直就像身在魔法國度一樣。每到三餐時間，就會有一隻看不見的手，替她準備好各種菜色的山珍海味。只要拿起酒杯，就會有人替她注入葡萄酒。只要在椅子上坐下來，就會有人替她圍上餐巾。然後還會有看不見的樂手開始替她演奏優美的音樂。

即使在正餐與正餐之間，每當貝兒感到口渴時，同樣會有看不見的手隨時替她準備茶點。早上醒來的時候與晚上就寢的時候，也會有看不見的手幫忙她更換衣服。

每天野獸都會伴隨著轟然巨響出現在貝兒的房間一次。雖然貝兒努力說服自己習慣那聲音，但每次因為那「轟隆隆」的地鳴聲而得知野獸的到來時，她果然還是會被那可怕的感覺嚇得寒毛直豎。

野獸總是一邊看著貝兒用餐或聆聽她彈奏大鍵琴，一邊坐在長椅上漫無邊際地談論各種話題：音樂的、美術的、文學的，還有戲劇的話題……

儘管如今家道中落，但小時候也曾有過優雅生活的貝兒，很能夠附和那些話題。

當年父親是個富裕的商人，具有高度的品味教養，豪宅裡也收藏著當時相當珍貴的真皮書，牆上掛著從法蘭德斯進口的掛毯。貝兒年幼的時候，還在世的母親也曾每天晚上朗讀拉封丹的童話給她聽。

從野獸的話題當中感覺得出來，牠具有豐富的人文素養。

這頭野獸究竟是在什麼樣的環境中長大的呢？養育牠長大的父母是什麼樣的人呢？牠的父母同樣也是野獸嗎？貝兒不禁在內心自問自答。

「美麗的貝兒啊，妳什麼時候才願意把我視為一個男人呢？」

兩人天南地北地閒聊一會兒之後，野獸出其不意地問。

「妳什麼時候才願意愛我呢？妳願意成為我的妻子嗎？」

這就是野獸最初提到的，一天一次的問題。那對貝兒來說是多麼痛苦的問題啊。不過對方詢問再多次，貝兒還是只能如此回答：

「……我沒辦法對自己說謊，我的回答是『不』。」

不過從頭到尾，野獸都不曾粗魯地強迫貝兒成為牠的人，甚至不曾碰過她一根寒毛，只是猶豫不決地注視著她的眼睛，並在一番熱絡的對話後轉身離去。

然後每次離開之前，野獸一定會問那個問題，十分小心翼翼地、像是做了什麼壞事一樣。

每一次，同樣的問題都換來同樣的答案。野獸聽完答案後，總是一臉哀痛地走出房間。貝兒儘管感到揪心，卻束手無策。

但她沒辦法對自己說謊。

在貝兒的內心深處，也有她所嚮往的戀情。她有自己心儀的對象。然而，在她內心的童話故事中，並沒有野獸的存在，也絕不可能有牠的存在。

「妳覺得我長得很醜吧？」

有一次，野獸這樣問貝兒。貝兒不禁遲疑了一下⋯⋯

「是的，我沒辦法說謊，但你的眼睛非常美麗，而且看起來很哀傷。」

貝兒看出野獸眼中那充滿哀愁的陰翳。

至今為止，她看過許多比牠更醜陋的人，憎恨、欺騙、嫉妒⋯⋯甚至是陷害他人的人。

那些人的眼睛無比醜陋，他們反而比較像是野獸。

「可憐的野獸。」貝兒心想，牠又不是自願生得這麼醜陋的。

「貝兒，妳給了我一線曙光。」

野獸喃喃說道。

「我明天還會再來，還是會問妳同樣的問題，直到妳說好為止。妳不必勉強說愛我，只是……但願妳不要拋棄我。只要妳好好地待在那裡，我就心滿意足了。」

說完，野獸逕自離去，將貝兒留在孤獨之中。這份孤獨是多麼地煎熬難耐，以至於讓貝兒好幾次想就這樣對野獸說好算了。

可是，她無法對自己說謊。那樣的謊言不會帶給她幸福，也不會帶給野獸幸福吧。如果她感到孤獨的話，野獸肯定更加孤獨。讓兩個孤獨的靈魂相互依偎舔拭傷口，這樣的事情還是算了吧。

不曉得父親過得怎麼樣呢？姊姊們又過得怎麼樣呢？父親知道自己的內衣褲收在哪裡嗎？每天早上出門工作時，有沒有忘記帶他的手帕呢？姊姊們煮的菜，他吃得慣嗎？姊姊們有定時清掃房間嗎？

白髮愈長愈多的年邁父親該有多麼思念她啊。她是不是該想辦法讓父親知道自己現在過得很好呢？

某天，野獸彷彿看穿貝兒的心事，帶她來到另一間房間內一個等身大的梳妝臺前。接著牠取下垂掛至地板的布簾。

「妳看看鏡子。」

貝兒依照指示小心翼翼地朝鏡子裡窺看，沒想到……她竟然看到自己親愛的父親！

父親看起來已經結束一天工作回到家，剛在房間裡換好衣服。他一邊心不在焉地望著窗外，一邊哀怨地嘆了一大口氣。父親原本就年事已高，如今那臉龐更明顯刻上令人不忍直視的孤獨與絕望之色。

「唉，貝兒啊……」父親對著不在他身邊的小女兒自言自語道。

「妳過得怎麼樣呢？是不是已經不在這世上了呢？如果妳還活著的話，至少給我捎來一封信息吧。」

接下來出現在鏡中的，是兩個姊姊的身影。今天的她們依舊在鏡子前打扮得花枝招展，看起來一臉興奮的模樣，正準備要去參加派對。

「哈哈，真是爽快多了，那個討厭鬼終於不在了。」

「沒錯，憑什麼只有她一個人受盡寵愛呢？明明就是個讓人看了一肚子火的傢伙。她到底有哪一點那麼值得人疼愛啊？我們也是爸爸的女兒啊，我們也有權利從爸爸那裡獲得更多的愛啊。」

「反正她一定被野獸生吞活剝了啦。哎呀，不曉得那該有多麼痛苦啊。平常最愛裝模作樣的她，是不是痛苦得哇哇大叫呢？光是想像那個畫面，我就痛快得不得了。誰叫她之前帶給我們這麼多不愉快的回憶，還讓爸爸那麼操心。她這是自作自受啦。」

貝兒震驚得刷白了臉，而野獸一直靜靜在旁觀察著。

雖然貝兒以前一直覺得姊姊們很任性，但她沒想到竟然到這種程度。沒想到她們竟然這麼高興她離開家裡，也沒想到她們竟然會幸災樂禍地想像她被野獸吞噬的恐怖畫面……

這兩個人真的是跟她有血緣關係的親姊姊嗎？

「……我並不想看這些。」

貝兒轉身朝野獸嘟囔道。

「為什麼要給我看這個？要是我不知道這些事情就好了，那樣還比較快樂。」

「可是貝兒，這就是現實啊，妳總有一天要面對這些事的。」

「可是我……」貝兒鎮定地答道：「無所謂，只要爸爸幸福就好。我想姊姊們應該也不至於陷爸爸於凶險而不顧吧？」

「……那妳瞧瞧這個。」

野獸朝著鏡子迅速揮了揮手，鏡中再度出現其他畫面。

父親就寢之後，兩個姊姊在客廳裡竊竊私語地埋怨著。

「他最好趕快死一死算了，那個沒用的老廢物。」

「沒錯，爸爸死了的話，多少會留下一點財產吧？我已經受夠這種窮鄉僻壤的窮苦生活了。說來說去，爸爸根本就是個不可靠的人。」

「為什麼我們會生在這種家庭呢？要是能生在父母更會賺錢、更富裕的家庭就好了。」

「他們讓我們過得這麼辛苦，真的有盡到做父母的義務嗎？說來說去都是因為爸爸不懂得人情世故，老是被別人給欺騙，所以才會連帶拖累了我們。」

「噢，不，快請停止吧。」

貝兒傷心地摀住眼睛別過頭去。

「別再讓我看這些了，我不想看。」

「抱歉，讓妳難過了吧？」

「一定是貧窮讓姊姊們變成那樣的，其實她們原先並不是那樣的人。」

「妳愛怎麼想就怎麼想吧。」

野獸看著貝兒，眼中帶著深深的憐憫。

「因為妳就是那樣的人啊，妳只能夠理解，也只願意相信映照在妳心鏡中的東西。」

貝兒聽不懂野獸想表達什麼，只能淚盈滿眶地回應著野獸的視線。

「美麗的貝兒啊，妳不只是外表美麗，連內心也如此純潔高尚。在醜陋的人類世界裡，妳是很難生存下去的。」

「醜陋的人類世界？」

「所以，這也是我當初為什麼會變成野獸的原因，就是因為我太厭惡醜陋的人類世界了。」

野獸留下這句令人匪夷所思的話以後，就離開了房間。

因為太厭惡醜陋的人類世界，所以變成了野獸？

這究竟是什麼意思？

「你之前說的那句話，」某天晚上，貝兒欲言又止地向依照慣例來到她房間的野獸問道：「究竟是什麼意思？」

「妳指的是什麼？」

「你說你因為太厭惡醜陋的人類世界，所以才變成了野獸。」

野獸露出陷入沉思的眼神，深深地探向貝兒的眼底，令她不禁感到畏怯。

「妳問這個做什麼？」

「對不起。」

貝兒不知所措地垂下視線。

「如果妳只是出於好奇心，那妳還是別知道比較好。」

「不是那樣的，我只是……」

「這世上還有很多妳不知道的事，從前妳知道的只是由妳父親和姊姊們構成的狹小世界而已，來到這裡等於是妳第一次踏出外面的世界。這個世界上還有許許多多妳不知道的事情。」

「我從小就跟其他人不一樣。」

雖然當時的話題就那樣結束了，但某天晚上，野獸突然主動提起這件事。

「我可以看透人心。」

「看透人心？」

「即使對方把話說得天花亂墜，我還是可以看透他的心，看透那華麗詞藻底下包藏著多麼醜陋的一顆心。」

野獸就這樣自顧自地說下去。

「就像父王身邊伺候他的大臣一樣，總是巧言令色地討好父王歡心，說什麼會誓死追隨他。於是看不清楚真相的父王，先後把那些舌粲蓮花、心術不正的人，或在社會上幾近無能的人，一個一個安插進國家的要職。」

「……」

「即使如此，王國在和平時期勉強還可以正常運作，但宮廷內部在人的野心和嫉妒肆虐下，儘管外表看來優雅美麗，內部卻跟水深火熱的地獄沒有兩樣。

「有一回，長久以來的貴族派系鬥爭達到高峰，掀起叛亂，我的王國被那一派的人給奪走。父王、兄長和年幼的我都被抓了起來……」

這意想不到的身世，令貝兒愕然地看著難得大開金口的野獸。
「父王、兄長還有忠心的大臣們，一個個在我面前遭到處刑。年幼的我只能用這雙眼睛看著、用這對耳朵聽著那些人的慘叫聲。
「恐懼和震驚讓我幾乎快瘋了。
「在那樣的恐懼和震驚之中，我只能一邊顫抖一邊祈禱：拜託將我變成人類以外的東西，拜託讓我從這個世界上消失，拜託別再讓我看見如此恐怖的生物……」
野獸突然站起身來，拿起撥火棒，在暖爐裡添加新的木柴，似乎是在藉此撫平內心激昂的情緒。
「然後我就那樣昏過去了，等我恢復意識的時候……」
「……」
「就變成這副模樣了。」
這令人震驚的自白讓貝兒驚到幾乎說不出話來。
「這種事情，妳不相信對吧？」
「不、不是的，只是這實在是太超出常理了。」
「是啊，確實是太超出常理的一件事。那些把我抓起來加以迫害的叛徒也同時消失了。

我不知道他們究竟去了哪裡，總之所有圍繞在我身邊的人都死了，唯一剩下的只有這座城堡和施加在我身上的魔法而已。」

「從此以後你就一直獨自一人住在這裡嗎？」

「是的，我獨自生活了好長好長一段時間……」

野獸突然改變語氣。

「總之，我先把這面鏡子運到妳房間去吧。以後妳想念父親的時候，就可以隨時看到他，這樣也可以讓妳稍減寂寞。」

幾天後，貝兒不經意地拉下野獸給她的鏡子上那塊布一看……父親正臥病在床。

父親似乎正在發燒，嘴裡不斷呻吟著「貝兒、貝兒」，像在囈語似地一直叫著她的名字。他躺在床上翻來覆去，痛苦掙扎著。

「噢，爸爸、爸爸……」

貝兒整顆心都揪在一起。

當晚野獸一出現，貝兒就像等待已久似地衝上前。野獸臉上表情沒有一絲變化，只是不發一語地回望著貝兒。

「……我爸爸病得很嚴重，他一直在呼喚我的名字，我到底該怎麼辦才好……」

見到淚水滑過貝兒的臉頰，向來沒有表情的野獸臉上，頓時閃過一絲貌似憐憫的表情。

「拜託你了，這是我一生的請求。」

突然，貝兒在野獸面前咚地跪了下來。

「請讓我回到爸爸身邊吧。只要幾天就好，請讓我回去照顧爸爸，不然他就要死了。」

「貝兒……」

「我發誓，幾天之後我一定會回來的。我絕對不會破壞與你的約定，所以拜託……」

野獸不知所措地朝貝兒伸出手，想扶她站起來，臉上卻蒙上一層哀傷的陰影。

「妳不要這樣，這樣會讓我不知道該怎麼辦才好。」

接著……

「好吧，我答應妳的請求，我允許妳回家一個星期，不過妳發誓一星期過後，一定會回來這裡，對吧？」

貝兒高興得臉色泛紅。

「謝謝，我真不知道該如何表達我的感激。」

貝兒高興得幾乎要飛撲進野獸懷裡了。

「謝謝你，野獸先生。我向你發誓，一星期以後我一定會回來這裡的。」

野獸從懷中取出一枚戒指，遞給貝兒。

「妳把這個放在枕邊，這樣妳應該就可以瞬間回到妳家了，還有……

「妳要回來這裡的時候，一樣把這枚戒指放在枕邊，這樣妳就可以瞬間回到這座城堡了。」

「貝兒！噢，我該不會是在做夢吧！」

「爸爸、爸爸，我好想念您啊！」

貝兒眼中泛著淚水，緊抱著床上骨瘦如柴的父親。貝兒意料之外的出現，令父親欣喜若狂。

「噢，我從來沒有一秒鐘忘記過妳。妳過得好嗎？野獸饒了妳一命嗎？而且，為什麼妳能夠回來家裡呢？妳從野獸那裡逃了出來嗎？」

「我請求野獸說我無論如何都想回家一趟，牠就答應我了。牠允許我回來爸爸身邊一個星期的時間。」

「一個星期……」

父親臉上閃過一絲黯淡的神色，但下一秒鐘，那削瘦蒼白的臉上泛出紅潤的血色，他自行在床上撐起上半身，然後開心地呼喚姊姊們。

「喂、妳們兩個，貝兒回來啦！」

姊姊們衝到床邊，一臉目瞪口呆的樣子，但等她們回過神來以後，又立刻在父親面前裝出歡天喜地的模樣。

「貝兒、貝兒，我真是不敢相信，竟然還能再見到妳。」

「噢，這是在做夢吧，竟然會有這麼令人高興的事。」

貝兒泣不成聲地與兩個姊姊輪流擁抱、親吻。

這時，貝兒心中掠過先前在鏡子中看到的畫面，但她趕緊要自己把那些畫面拋在腦後。她希望姊姊們現在開心的模樣，才是她們真正的感受。

至少她現在平安回來了，至少她還看得到她最最心愛的爸爸……

接下來幾天，父親的身體復原得相當迅速。先前的虛弱全然消失無蹤，臉頰明顯圓潤許多，聲音也有朝氣多了，甚至可以自己站起來在屋內走來走去。那天晚上，他津津有味地大啖著貝兒精心準備的佳餚。

「野獸沒有虐待妳吧？那裡的生活很痛苦嗎？」

「您放心，爸爸，野獸非常紳士，牠對我很好。」

貝兒沒有多說，但父親聽完便感到放心了。因為貝兒幸福的表情、閃閃發光的眼神和豐潤的玫瑰色臉頰，顯然已經說明了一切。

另一邊，貝兒的兩個姊姊卻非常不滿。一直以來，她們都用嫉妒與憎恨的眼光，看著周圍的人如何追捧三姊妹中最美麗溫柔的貝兒。

想到她即將成為野獸的腹中物，姊姊們在內心竊笑了多少回啊。先前無論多麼努力都贏不了的妹妹，突然跌入三人之中最不幸的命運谷底。

眼中釘終於消失了。如今再也沒有鄉親鄰里會動不動就貝兒長、貝兒短的……她們幸災樂禍地在心裡大聲叫好。

誰知道從野獸那裡回來的貝兒，竟然穿著她們從未見過的高級洋裝，配戴她們從未見過的豪華珠寶，而且天生麗質的她出脫得更加動人，不僅看不出一絲被野獸虐待而形體消瘦的跡象，反而有種充滿自信的感覺，看起來相當幸福。
「妳去那邊究竟發生了什麼事啊，貝兒？」
姊姊們抑制不住滿心的好奇，圍著貝兒問道。
「我們一直以為妳早就被野獸吃掉了。」
「野獸沒有虐待妳嗎？沒有鞭打妳或咬妳嗎？」
面對姊姊們連珠炮似的提問，貝兒一臉困擾地苦笑著。
「野獸不會對我做那種事，牠非常地有紳士風度。」
「但牠長得很醜吧？身上應該有很臭的味道吧？咆哮的聲音應該很恐怖吧？」
姊姊們死纏著貝兒，接二連三地提出疑問，絲毫沒有要放過她的意思，讓貝兒逐漸感到厭煩。
「這洋裝真漂亮，還有這顆寶石……我從來沒看過呢，它的光芒真是太令人驚豔了。」
「姊姊喜歡的話，儘管拿去吧。」
對於貝兒大方的舉動，姊姊們儘管感到欣喜，卻無可避免地湧起更多嫉妒的情緒。
「……那裡有很多這樣的東西嗎？」
「呃、嗯……野獸非常地大方，到目前為止牠還沒有拒絕給過我任何我想要的東西。」

「妳在那過著什麼樣的生活呢？城堡又大又漂亮嗎？」

「大到我到現在還不知道總共有幾間房間呢。裡面的家具都經過精心挑選與擺設，沒有一個國王的城堡可以比得上吧。還有隱形的僕人每天幫我準備美味的佳餚。隱形的僕人還會替我換裝，用餐的時候為我服務。我不需要弄髒自己的雙手，只要每天打扮得漂漂亮亮的，過我想過的日子就可以了。」

這些意料之外的回答，讓姊姊們的妒火一天比一天燒得更旺。

「我們必須設法讓貝兒沒辦法回去那裡才行。」

兩個姊姊交頭接耳地討論著。

「不可以讓她一個人獨占那份幸福。」

「而且為什麼每次都是貝兒一個人占盡所有好處？我們兩個總是只能撿她剩下的。」

「……放心吧，一切包在我身上。」

大姊自告奮勇地說著。臉上嘴歪眼斜的醜陋笑容，證明她內心正在盤算著什麼邪惡的事情。

「貝兒，不要走。妳不為爸爸想想嗎？妳走了以後，他是多麼地傷心欲絕啊。就是因為這樣，他才會病得這麼嚴重的。」

「就是說啊，妳要是再離開的話，爸爸怎麼辦呢？他的病會再次復發，說不定這一次真的會積鬱而亡啊。」

兩個姊姊你一言我一語地為難著貝兒。

被她們這麼一說，貝兒實在不知道該如何是好。內心滿滿哀傷的情緒，令她苦不堪言。可以的話，她多想繼續留在這裡啊。她多想留下來照顧爸爸一輩子啊！

可是，她已經承諾過野獸了，她不能夠違背誓言。

「……妳願意跟我結婚嗎？」這是野獸每天晚上都會問她的問題。

此時，貝兒眼前突然浮現每次野獸聽到她的拒絕，都會神情哀傷、垂頭喪氣地走出房間的背影……

孤獨的野獸，沒有任何人能夠理解牠。身為野獸的悲慘事實，似乎快把牠壓得喘不過氣來了。

貝兒也很清楚，野獸正在向她發出求救訊號。

野獸肯定也想要得到保證：就算自己再怎麼醜陋恐怖，也有資格被人愛的保證。

「我不回去不行，我已經承諾過野獸了。」

「何必在乎什麼承諾，反正對方只是頭恐怖的野獸，不是嗎？妳根本沒有必要遵守那樣的承諾。」

「不行，如果我違背承諾，我就會變成比野獸更不堪的人。」

況且……

「野獸在等我回去，我是唯一一個能夠安撫牠殘破心靈的人了。」

「貝兒，妳該不會……」

在姊姊直勾勾的注視下，貝兒不禁露出慌張的神色。

——是啊，我該不會對野獸……

我是不是愛上那醜陋又恐怖的野獸了呢？

貝兒捫心自問著。不，不可能的。她告訴自己，那只不過是同情而已。

「可是沒有牠在身邊的時候，竟令我感到如此寂寞，如此空虛。」

牠雖然長得其貌不揚，嘴裡吐出來的話卻像寶石一樣，牠還擁有一顆天使般的心腸，而且這些事情只有她一個人知道而已。

這時，貝兒耳裡突然聽見野獸的聲音，那聲音聽來痛苦萬分。然後她眼前浮現出野獸臥倒在地的模樣。此刻，野獸彷彿就在她眼前痛苦掙扎著。

她聽見野獸的聲音，看見野獸痛苦掙扎的模樣。她必須趕回去才行。

爸爸，請原諒我這個不孝女吧。

距離野獸允許她回家至今，剛好過了一個星期。當天晚上，一家人共進晚餐時，餐桌上的氣氛跟平常不太一樣。原本一直洋溢著幸福快樂的氛圍，今天卻是空氣凝結，每個人都一副有口難言的模樣。尤其是爸爸……

——妳真的要走了嗎？

爸爸肯定想這麼問她。

——妳要丟下年邁的我，只為了遵守與那頭恐怖野獸的約定？

即使父親始終保持沉默，貝兒還是無法阻擋牠的聲音傳入耳裡。她又要再次將年邁的父親，將她心愛的父親留在這裡了。

不過，貝兒還是擦乾了眼淚，在當晚入睡前，悄悄將野獸交給她的戒指放在枕邊。

眨眼間，貝兒再度回到那座城堡。再過不久，野獸應該就會像往常一樣來到她的房間吧。雖然晚了一點，但她還是盡力遵守了承諾。野獸應該會原諒她的吧。畢竟她如此飲泣吞聲才留下父親回到這裡。

然而時鐘走到九點，這是野獸平常來訪的時間，可是唯獨這天晚上牠遲遲沒有出現。

發生了什麼事？牠為什麼沒有來呢？

貝兒心中湧起陣陣不安。牠是不是在生我的氣呢？還是牠遭遇了什麼不測呢？

此時，貝兒清楚聽到野獸痛苦呻吟的聲音從遠處傳來。跟剛才她在家裡的幻聽一模一樣。野獸就在某個地方，牠正在某個地方痛苦掙扎著。可是牠究竟在哪裡呢？

貝兒悲痛欲絕地披上長袍，徘徊到城堡的庭院裡。不知為何，一切的魔法似乎都在這一刻消失了。沒有人追隨在貝兒的身後，也沒有人替貝兒開門。

這裡似乎發生了什麼事，總有種非比尋常的感覺。

貝兒循著一盞接一盞點燃的燈火，徘徊在深夜的庭院裡。

在茂密的樹叢間，道路蜿蜒曲折，貝兒不時在一個轉彎之後，被矗立在轉角的雕像嚇到。純白的太陽神阿波羅、酒神狄奧尼索斯、青面獠牙的怪獸……有時還會走到噴泉廣場，在暗夜中靜靜地噴出水流。

她究竟在庭院裡走了多久呢？這時，貝兒突然聽見唏哩嘩啦的流水聲。循著聲音的來源前進，她赫然發現一個由冰冷石牆構成的洞窟。

貝兒提著燭臺走進洞窟裡，裡面有一條清澈的小河，河邊躺著一個人……那不正是野獸嗎!?

「野獸先生，究竟發生了什麼事……」

貝兒不顧一切地飛奔向痛苦掙扎的野獸。

「貝兒、貝兒，妳終於回來了。」

奄奄一息的野獸在貝兒的懷抱中呻吟著。

「你振作一點啊，野獸先生。究竟發生了什麼事？是什麼東西害你變成這樣的？」

「貝兒、貝兒，妳回來得太遲了，如果妳再早五分鐘回來的話……」

「原諒我，野獸先生。我求求你振作一點，拜託你重新站起來吧。」

「我已經不行了。如果我是人類，應該會湧起重新站起來的欲望，然後在自己心中燃起存活下去的力量。可是我只是隻可憐的野獸，我只能像這樣悲慘地等死而已。」

「你不要說這些喪氣話，算我求求你了，拜託你不要死……」
貝兒緊抱著野獸的脖子，眼淚撲簌簌地往下掉。
「我愛你，我現在終於知道了，沒有你我活不下去，所以你快站起來吧，為了我活下去。」
就在這時，貝兒眼前發生了不可思議的事。醜陋的野獸瞬間消失不見，取而代之的，是一個舉世無雙的俊美青年躺在貝兒懷裡。
青年俐落地站起身來，對著目瞪口呆的貝兒伸出手，露出爽朗的微笑。
「貝兒，謝謝妳。多虧有妳在，才解開我身上多年的魔法。」
「你、你是誰呀？野獸先生究竟去了哪裡？」
「我就是野獸啊。妳剛才一直把我抱在懷裡，還為我哭泣。」
「我不相信，這究竟是怎麼一回事？」
「讓我跟妳解釋我過往的遭遇。我當初是因為感嘆人類世界的醜陋，才被變成那副模樣的。」
野獸娓娓道來。
「但是日子一久，我開始覺得用那副模樣活著實在很痛苦，於是我開始向神祈禱，請求祂把我變回原本人類的模樣。

「我一直不斷、不斷地祈禱，而就在我打算放棄那個心願時，我終於得到了神的啟示。」

「神的啟示……？」

「神對我說，當我有一天遇到這世上真正美麗的事物、真正可以信任的人時，祂會給我變身回人類的機會。所以當妳出現的時候，我就知道那一天終於來了，這個世界上真正美麗的事物、真正可以信任的人終於出現了。

「當我得知妳父親生病時，我決定賭一把看看，先讓妳回家一趟，然後看妳會不會再次回到這裡。

「如果妳背叛我，我不僅無法變身回人類，還會葬送我的性命。不過，不管結果如何，我還是願意一試。我將我的性命賭在了妳的誠意上。」

野獸故意不提到愛這個字眼。

萬一我沒有回來，就會永遠失去野獸了嗎？儘管事情並未發生，但一想到這裡，貝兒還是嚇得背脊直打顫，毫無招架之力。

「即使如此，你還是願意……願意相信我嗎？」

「因為我愛妳啊。懷疑妳的誠意對我來說是一種褻瀆。

「當妳出現的時候，我就知道，妳跟別人不一樣，妳是不會被外表的美醜給欺騙的人，如果是妳的話，肯定能夠看穿我真實的面貌。」

貝兒如痴如醉地凝視著眼前的野獸……不，是令人眼睛為之一亮的俊美王子。

她有種很奇妙的感覺，好像從很久以前就認識這個人一樣。說不定他就是貝兒從少女時代開始，一直在心中偷偷幻想著的白馬王子吧。

「是妳讓我重新變回原來的模樣，從今以後換我帶給妳幸福的生活了。我們現在就將妳父親接到這裡來，然後我們一起在這裡生活吧。」

「我好像在做夢一樣，王子殿下。」

貝兒在王子的懷抱中呢喃著，完全沒意識到王子從頭到尾都沒提到她的兩個姊姊，因為她已經像品嚐了美酒一般，滿心陶醉在突然降臨的幸福當中。

✦〈邱比特與賽姬〉

〈夏天的庭院與冬天的庭院〉其實就是美女與野獸的故事。這篇故事只收錄在格林童話的初版當中，從第二版起即被刪除，取而代之的是一篇類似的故事〈又唱又跳的小雲雀〉。

貝特漢將這篇故事與〈白雪與紅玫〉、〈青蛙王子〉等故事，一起列入「動物新郎」的類型裡。這類型的故事在全世界普遍受到歡迎，據說相似形式的童話也是數量最多的。

動物新郎……也就是女主角的結婚（戀愛）對象在故事一開始時，是以動物姿態登場的故事。動物的種類依流傳的國家或地區而有所不同，包括蛇、鱷魚、豬、獅子、熊、青蛙等種類繁多。

也有很多故事是男主角做了壞事以後遭到懲罰，被施以魔法後變身為動物的模樣。最後會在女主角的愛與獻身之下，好不容易恢復成原本人類的模樣。

這類主題中最古老的故事，應該就是收錄在希臘神話中的〈邱比特與賽姬〉的故事了吧。以下就來簡單介紹〈邱比特與賽姬〉的故事。

某個國家的國王有三個漂亮的女兒，其中又以小公主賽姬出脫得最為美麗動人，因此遭到愛與美的女神阿佛洛狄忒嫉妒。

阿佛洛狄忒找來自己的兒子愛神邱比特，命令他讓賽姬愛上全世界最醜陋粗俗的男子。然而，邱比特看了賽姬以後對她一見鍾情，當場就拜倒在她的石榴裙下。

不過「阿波羅的神諭」說賽姬必須被流放至斷崖上，成為像大蛇一樣的怪物的食物。賽姬與傷心欲絕的雙親告別後來到山巔，恐懼顫抖地等待怪物出現。但突然一陣西風吹來，將她吹到了一座金碧輝煌的宮殿去。

這一切都是愛神邱比特一手策劃的。邱比特違背母親的命令，偷偷將賽姬藏在此處，並趁黑夜時來到她的住所共度良宵。賽姬多次要求丈夫展露真正的模樣，但丈夫始終沒有答應她。

儘管過著如夢似幻的奢華生活，賽姬還是日漸感到不安，便詢問丈夫能否招待兩個姊姊過來，並徵得了他的同意。姊姊們嫉妒賽姬過著豐衣足食的生活，便不斷在賽姬耳邊造謠生事，說根據神諭，她的丈夫一定是像怪物一樣的恐怖大蛇。

姊姊們回去之後，賽姬無論如何都想知道丈夫真正的模樣，便趁著丈夫睡著以後偷偷點燃油燈，結果她這才知道，自己的丈夫根本不是大蛇，而是外形俊俏的愛神邱比特。

賽姬驚訝之餘，手不小心抖了一下，油燈的熱油就這樣滴下去，燙傷了邱比特。驚醒過來的邱比特對她感到非常失望，使從她面前消失不見了。

絕望的賽姬為了尋找丈夫，踏遍了全世界。其後，賽姬在滿心怒火與嫉妒的阿佛洛狄忒手下，經歷了各種試煉，最後她在阿佛洛狄忒的命令下前往冥府，阿佛洛狄忒要她前往一座宮殿，那座宮殿的門口有三頭嘴巴會噴火的惡犬，她必須進去向女神普西芬妮分裝一些美麗靈藥回來。

於此同時，她的兩個姊姊一心想取代她獲得邱比特的眷顧，便出發前往山頂的斷崖，但她們並沒有像賽姬那樣被西風吹走，反而都跌到山谷底下摔死了。

最後邱比特療完情傷，發現賽姬深感後悔，便受到感動，於是央求眾神之王宙斯讓他和賽姬結婚。

宙斯積極地說服阿佛洛狄忒，終於成功讓她同意兩人結婚。於是，宙斯將眾神召集至奧林帕斯，正式宣布邱比特與賽姬結為連理。

宙斯當場賜予賽姬長生不老的神酒，並獲准她成為神祇之一。從此以後，賽姬也化為不死之身，與邱比特過著幸福快樂的日子。

✦克服伊底帕斯情結

另一方面，這種類型的故事在日本乃至全世界，流傳最廣的還是法國小說家勒布雷斯・波蒙夫人（Jeanne-Marie Le Prince de Beaumont）筆下的《美女與野獸》了吧。

出人意料的是，知道在格林童話初版當中，有這麼一篇酷似《美女與野獸》的〈夏天的庭院與冬天的庭院〉的人並不多。這可能都得歸咎於格林兄弟在第二版以後就刪掉這篇故事，並且代換成類似的故事〈又唱又跳的小雲雀〉吧。

法國詩人尚・考克多根據波蒙夫人的故事，創作由其愛人尚・馬黑（Jean Marais）所主演的電影《美女與野獸》，這部電影如今已是電影史上的經典名作之一。

一七一一年，波蒙夫人出生於法國盧昂的中產階級家庭，並於二十二歲時結婚。不過，她與生性放蕩的丈夫在兩年後便離婚了。其後再婚的波蒙夫人與丈夫和六個小孩一起搬到英國倫敦，在那裡一邊擔任家庭教師，一邊出版短篇故事集和童話集而成名。

據貝特漢所述，在這篇故事中，父親為心愛的小女兒摘採玫瑰花的行為，象徵著他對女兒最終將喪失處女之身的預感。因為用手摘下來的玫瑰，即為喪失處女之身的象徵。

以下參考貝特漢的著作，簡單介紹他對這篇故事所提出的分析。

根據貝特漢的說法，從前結婚這件事，還有性愛這件事，在某種意義上對年輕女孩而言，是恐怖且暴力的事。在故事當中，美女遇到的對象之所以是外表醜陋的怪獸，象徵的就是對方的獸性。

不過，女性在結婚之後要獲得幸福，勢必得克服以往對於性愛是暴力且醜陋的觀念。雖然一開始與丈夫行房的行為看似充滿動物性，但實際上女性必須意識到那將會為自己帶來無上的喜悅，並獲得永遠的幸福才行。

在《美女與野獸》乃至〈夏天的庭院與冬天的庭院〉故事中，主角乍看之下似乎是野獸與女孩，但實際上故事中的父親也扮演著相當重要的角色。

貝兒之所以壓抑內心恐懼前往野獸的家，就是為了救父親一命，為了兌現她對父親的愛。

所以，即使野獸一再向貝兒求愛，她始終不肯點頭答應。當時占據她心中的，唯有對父親全心全意的伊底帕斯情結而已。

不過當貝兒得知父親生病，在野獸允許下回到父親身邊時，她這才發現自己其實是愛著野獸的。於是，她對父親的愛在這一刻首度轉變為對一名男性的愛。

根據貝特漢所述，貝兒在此時下定決心斬斷對父親的伊底帕斯情結。當她如此決定以後，以往在她眼中的野獸，這才顯現出人類的姿態。

另外，嫉妒主角的兩個壞姊姊並未出現在初版的〈夏天的庭院與冬天的庭院〉中，但《美女與野獸》和〈邱比特與賽姬〉中都有她們的身影。

在波蒙夫人的《美女與野獸》當中，兩個姊姊最後被仙女變成石像，安置在妹妹與王子結婚後居住的宮殿入口，每天只能眼巴巴地看著妹妹和夫婿過著幸福快樂的生活。

而在希臘神話〈邱比特與賽姬〉當中，正如前文所述，兩個姊姊學妹妹爬上山頂，鼓起勇氣跳下斷崖，沒想到不但沒有西風把她們吹到邱比特身邊，反而一起栽進谷底一命嗚呼。

V

冰雪女王

The Snow Queen

冰的誘惑與
純潔的靈魂

在冰雪女王的誘惑下，
凱伊變得像陌生人一般冷酷無情。
勇敢的青梅竹馬格爾達，
是否能夠融化凱伊的心呢？

*

選自安徒生童話的故事

這一天，格爾達又一次在學校看見凱伊被老師罵，因為他在上課時間打瞌睡，但格爾達知道，那是因為他為了家計，徹夜幫忙母親兼職工作的緣故。

「格爾達！」

放學回家的路上，格爾達聽見凱伊呼喚她的聲音，隨即轉過頭去，朝飛奔而來的凱伊露出微笑。風拍打著凱伊的臉頰，吹亂他捲曲的頭髮，但他一點也不在意，一路氣喘吁吁地跑了過來。

「你為什麼不跟老師實話實說呢？說你幫你媽媽做事到半夜，晚上沒睡飽，所以才會不小心打瞌睡。」

格爾達一邊與凱伊並肩而行一邊問道。

「我討厭被人同情。」

凱伊露出明朗的笑容。

「別說這個了，妳改天要不要來我家一趟？那朵玫瑰花終於開了。」

「真的嗎？我要去！我要去！」

兩人一起在用木箱做的小型盆栽中種下了玫瑰花。他們將鄰居阿姨給的枝條扦插在土裡，好不容易生了根，現在終於開花了。

——凱伊好溫柔，真是個好孩子。

格爾達出神地凝視著個子只比她高一點的凱伊。

看到弱勢學生在學校被欺負，他就會挺身而出；看到有人學習跟不上進度，他就會把自己的筆記本借給對方，並且耐心十足地指導對方；老師需要人手時，他也會自告奮勇幫忙。

除了在家裡幫忙體弱多病的母親做兼差工作，他還會幫附近鄰居的忙以賺取金錢。

而且他總是一臉開朗的樣子，從來不曾抱怨過任何事情。

「我想快點長大，幫我媽媽做事。」

這是凱伊的口頭禪。

「我們家明明很窮，媽媽卻還這樣送我上學。我要快點長大幫家裡賺錢，這是我唯一能孝順她的地方。」

「凱伊真了不起，都會去思考未來的事，哪像我。」

和他比起來，我……只不過是在悠哉度日罷了。

「格爾達是女生不是嗎？所以妳不需要那麼努力也沒關係，因為妳是個可愛又貼心的人，妳只要這樣就夠了。」

凱伊如此對她說。但格爾達有一點不高興，因為她也有自己想做的事情，她也有自己夢想的未來。

——要是我可以跟凱伊結婚……

格爾達總是如此幻想著。

——我們會有個小小的家，生下可愛的孩子，然後我要在桌巾上繡上花的圖案，每天烤好吃的餅乾等凱伊下班回家。庭院裡盛開著我們最喜歡的玫瑰花，小鳥吱吱喳喳地高聲歌唱……

「妳在想什麼？」凱伊打斷她的幻想。

——格爾達果然是女孩子啊，我實在搞不懂女孩子在想些什麼。

不過，凱伊喜歡待在散發著香味的格爾達身邊。格爾達既可愛又貼心，簡直就像一朵小小的玫瑰花一樣。

凱伊偷偷將庭院裡盛開的玫瑰取名為格爾達。

「凱伊真是個堅強的孩子啊。」

有一次，格爾達的爸爸瞇起眼睛說道。

——可是，像他那樣單純的孩子，肯定會吃很多苦頭。在他未來的人生路上會遭遇很多挫折，背負起各式各樣的辛勞吧。

爸爸是這樣說的。格爾達雖然不明白爸爸在說什麼，但她就是喜歡凱伊這一點。

到了冬天，凱伊三不五時就去格爾達家玩。格爾達的奶奶會講有趣的故事給他們聽。

兩人湊近坐在暖爐熊熊燃燒的火焰前，而奶奶則一邊眺望著窗外狂妄肆虐的暴風雪，一邊娓娓道來。

「那是冰雪女王喔。女王的怒氣會化為恐怖的暴風雪，橫掃世界上每一個角落。」

「冰雪女王是誰啊？」

凱伊好奇地問。

「她是一個非常非常美麗的女王，可是她的心卻像冰塊一樣寒冷。凡是被冰雪女王碰到的人，都會在一瞬間凍結成冰。」

奶奶繼續說道：

「冰雪女王有時會在冬天晚上乘著暴風雪穿越鎮上的馬路，窺探家家戶戶的窗口，然後把她喜歡的孩子帶到好冷好冷的冰雪王國。所有被帶走的孩子，都不可能再活著回來了。」

「冰雪女王也進得來我們家嗎？」

格爾達提心吊膽地問。
「她就算進來也不會有事的。」
凱伊像平常一樣開朗地回應道。
「如果她進來的話，我會把她放在溫暖的火爐上，這樣她一下子就會融化了。」
「嗯，如果有凱伊出馬的話……」
原本臉色鐵青的格爾達也忍俊不禁地笑了起來。
只要有凱伊在，冰雪女王根本不算什麼。她沒有什麼好怕的，因為有心愛的凱伊在身旁啊。
當天傍晚，凱伊從外面回家以後，站在暖爐旁更衣。衣服才脫到一半，他突然踩上窗邊的椅子，用手指融化結在窗戶上的冰，融出一個小洞向外窺看。
他腦海中突然浮現白天格爾達奶奶說的冰雪女王的故事。
——這場暴風雪代表冰雪女王正在生氣喔，冰雪女王非常美麗，可是心卻像冰塊一樣寒冷。
凱伊一邊回想奶奶說的話，一邊出神地注視著窗外不停降下的雪。就在這時，一塊結晶較大的雪花飄落下來，落在庭院裡的盆栽邊緣。

凱伊注視了一會兒，沒想到雪花愈變愈大，最後竟然變成人的形狀。

那是一個身穿純白薄絹長洋裝的女人。她身上的洋裝是冰塊做成的，閃爍著眩目的光芒。女人的眼睛像兩顆澄澈的星星，目不轉睛地盯著凱伊。她擁有令人心臟漏跳一拍的美貌，眼神卻冷得教人背脊發涼。

女人對著全身僵硬的凱伊露出微笑，微微頷首，再伸出柔軟的手臂對他招了招手。

凱伊嚇了一跳，不由自主地跳下椅子，但女人的身影卻在那一瞬間消失無蹤。

剛才看到的，究竟是什麼呢？

心臟還撲通撲通跳個不停。那就是奶奶說的冰雪女王嗎？但沒想到她竟然會如此美麗。

那麼美麗的一個人，內心竟然像冰塊一樣寒冷；她的怒氣竟然會化為恐怖的暴風雪，橫掃世界上每一個角落；而且，還奪走無以計數的人命……

凱伊實在無法相信。同樣身為女性，溫柔可愛的格爾達與那個冰雪女王，簡直就是兩個極端的對比。

一心一意、溫柔體貼、內心充滿愛的格爾達，她那惹人憐愛的模樣，就連寒冬的冰塊也能融化吧。

儘管凱伊很喜歡那樣的格爾達，但此刻的他，卻發現自己情不自禁地被剛才見到的冰雪女王給吸引了。

幾天後，凱伊與格爾達坐在房間的沙發上，一起看著動物繪本。就在大教堂鐘塔上的時鐘敲響五點的鐘聲之際，凱伊突然大喊一聲：「好痛！」

「好像有東西刺進我的胸口！現在又有東西跑進我的眼睛裡了！」

格爾達驚慌失措地衝上前來，摟住凱伊的脖子。凱伊躺在格爾達懷裡，拚命眨著眼睛。

「……沒事了，好像已經弄掉了。」

話才說完，凱伊突然粗魯地推開格爾達的身體。

「囉嗦！別碰我。」

那粗暴的行徑簡直與平常的凱伊判若兩人。

格爾達不解地心想，他究竟發生了什麼不開心的事，接著不由得悲從中來，眼泛淚光。

「妳哭什麼哭？我最討厭女孩子哭了。」

凱伊的語氣冷酷得讓氣氛降到冰點。

「搞什麼，這玫瑰花未免也太寒酸了吧！」

說完，凱伊大步走向陽臺，毫不留情地一腳踢飛陽臺上的玫瑰盆栽。

「這朵玫瑰被蟲咬了，那朵玫瑰長歪了，這麼寒酸的玫瑰花早該找地方扔了！」

凱伊一邊說著，一邊像洩憤似地接連踢開盆栽，並怒氣沖沖地猛踩著倒在地上的玫瑰花。

從那天起，凱伊就完全變了一個人。

每當格爾達帶著她最喜歡的繪本想找他一起看時，凱伊就會不以為然地說那東西很幼稚。

當格爾達的奶奶像平常一樣講故事給他們聽時，凱伊就會不斷地挑刺兒，而且只要一逮到機會，他就會繞到奶奶身後，刻意誇大地模仿奶奶說話的模樣。

由於他模仿得唯妙唯肖，因此周圍的人都不由得咯咯笑了起來。雖然格爾達也忍不住笑出聲來，但很快又一臉哀傷地閉上嘴巴。

最後凱伊甚至動不動就模仿起附近鄰居的說話方式或動作。由於他模仿得出神入化，因此人們看了都捧腹大笑。此外，他原本是一個很疼愛小朋友的人，現在卻會搶走小朋友手中的球，故意惹哭他們，或是粗魯地把球踢走。

對於凱伊突如其來的巨幅轉變，格爾達只能瞠目結舌地看著這一切。凱伊身上到底發生了什麼事？

從前那些快樂的時光究竟去了哪裡？遠遠望著凱伊身旁圍繞著一群壞孩子，不斷拍手鼓譟、興風作浪，格爾達只能默默將眼淚吞進肚裡。

沒錯，那個時候……當凱伊大叫眼睛好痛，好像被什麼東西刺到的時候，其實他的眼睛裡掉進了一塊冰的碎片。

而且還不是普通的冰的碎片，而是一塊魔法冰鏡的碎片，它能讓所有看起來又大又好的東西，都變成又小又醜陋的東西。除此之外，那塊魔鏡只照得出不好的東西或錯誤的事物。而刺進凱伊心臟的，就是那塊鏡子的碎片。

再過不久，凱伊的心臟就會變成冰塊了吧。雖然他現在不會痛了，但整顆心臟已填滿寒冷的冰塊。

那群壞孩子們像潮水退潮一樣散去之後，凱伊形單影隻地留在路上。心愛的格爾達早已不在他身邊了。

凱伊瞬間意識到自己只剩一個人，心裡雖然覺得奇怪，但並不特別感到寂寞。他只覺得有什麼跟以前不一樣的東西進駐他的心，填滿他的心，並且守護著他而已。

但那究竟是什麼東西，凱伊一時之間還說不上來……

「還是去滑雪橇吧。」

凱伊自言自語地說完後，背起雪橇走向廣場。

廣場上，一群活潑好動的男孩正忙著用繩子將自己的雪橇與農夫的車綁在一起。毫不知情的農夫駕著自己的車，將男孩的雪橇拖了好一段距離。途中被農夫發現以後，男孩慌忙解開雪橇的繩子，然後在一陣鼓譟聲中落荒而逃。

凱伊也像他們那樣玩鬧著。玩著玩著，突然出現了一輛巨大的雪橇。漆成全白的雪橇上，坐著一個披著白色毛皮斗篷、戴著白色毛皮帽子的人。

大雪橇繞了廣場兩圈。凱伊看到之後，立刻將自己的小雪橇跟它綁在一起。大雪橇順勢而為地拉著凱伊的小雪橇走。大雪橇開始疾馳，接著離開廣場，竄進旁邊的馬路，然後一路頭也不回地前進。

「哇，太刺激了。」

就在凱伊情不自禁叫喊出聲的同時，駕駛雪橇的人突然回過頭來，對他點頭微笑。那是一個他從沒見過的陌生人。凱伊心中頓時湧起一股不安，想要掙開自己的小雪橇。

不過每次他試圖這麼做時，那個人就會回頭向他頷首，彷彿在對他說「別擔心」一樣。就這樣，兩人一前一後地穿過城門，一路駛往城外。不知不覺，雪下得愈來愈大，毫不留情地撲打在凱伊臉上，害得他連自己眼前的路都看不清楚。

然而，大雪橇還是繼續奔馳，凱伊內心不安到了極點。他慌忙地想解開自己的雪橇，卻徒勞無功。不知為何，好像有一股看不見的力量，將凱伊的雪橇牢牢綁在大雪橇上。無論他怎麼嘗試，都解不開繩子。

雪橇持續向前疾馳，凱伊害怕得大聲尖叫，「救救我！快停下來！」可是沒有任何一個人回應他。

大雪不停地下，雪橇疾馳如飛。有時雪橇會像越過高高的竹籬一樣彈跳起來。恐懼至極時，凱伊會試著在心中祈禱，但愈是在這種時候，他愈想不起祈禱文。

就在凱伊的恐懼到達極點，覺得自己再也無法忍耐之時，雪橇突然發出嘎噠嘎噠的聲音停了下來。駕駛雪橇的人驀地站起身來。

那人純白的毛皮斗篷和帽子上都積著厚厚一層雪，見到那立體的五官，凱伊終於清楚地想起來了。纖細高䠷的身材，還有那令人目眩神迷的光芒，那個人不就是凱伊那天在窗外看見的女人嗎？

「真是遙遠的一段路啊。」她神情肅穆地說。

「你凍僵了吧？快躲進我的毛皮裡。」

接著她把渾身顫抖的凱伊帶上大雪橇，坐在自己的旁邊，用毛皮緊緊地包住他。

她靜靜凝視著嚇到說不出話來的凱伊，迅速露出一個微笑，再用手摸了摸他的臉頰。

「沒有什麼好害怕的喔，因為我是冰雪女王。」

說完，她輕輕捧起凱伊的臉，獻上一個吻。那個吻比冰塊還要寒冷。寒冷深深滲入心臟，凱伊的心臟幾乎凍得像冰塊一樣。他一度以為自己就要死了，但那也只是一瞬間的事情而已，下一秒鐘，凱伊再也感覺不到任何寒意或冰冷了。

冰雪女王再度露出微笑，然後又給了凱伊一個吻。頓時，凱伊頭腦一片空白，過往的回憶離他遠遠而去。他忘記了心愛的格爾達，忘記了自己的媽媽，也忘記了格爾達的奶奶。

「親吻到此結束了。」

冰雪女王說。

「因為再親下去的話，你就會失去性命。」

凱伊再次凝視著冰雪女王。就像那天在窗外看到的時候一樣，不，冰雪女王比那天看起來更加耀眼動人了。

清晰的輪廓，端正的五官，全身上下白皙耀眼，她是多麼地美麗動人，多麼地完美無瑕啊！

凱伊想著想著，不經意抬頭望向遼闊的天際，這時，女王突然抱起凱伊，帶他飛上高處的烏雲之中。

暴風雨在耳邊呼嘯而過，兩人不斷前進，飛越了森林與湖泊，飛越了海洋與大地。寒風在腳底下肆虐，狼群咆哮，冰雪結晶閃爍著耀眼的光芒。而在更高處的地方，偌大的月亮散發著皎潔的光芒。

「我們要去哪裡？」

凱伊在冰雪女王的懷中恍惚地問道。

「很遠很遠的地方，你大概再也回不去了。」

即使聽見這樣的回答，凱伊絲毫沒有無助的感覺，反而對冰雪女王選中自己感到驕傲。

——醜陋渺小的人類啊，我這就要前往你們無法觸及的遠方了，從此以後再也沒有人可以嘲笑我了。

凱伊抵達的地方是冰雪宮殿。從屋頂、梁柱到牆壁，還有內部的水晶燈和家具擺設，全部都是冰塊做成的。所以全都沒有顏色，所有的一切不是透明的就是半透明的。不過正因為如此，反射出來的光芒本身就像鑽石一樣閃閃發亮。

凱伊在這裡吃著用冰製容器盛裝的冰製料理。製作那些料理的僕人就像冰雪女王一樣，全都身穿潔白的服裝，默默無語地將料理送到餐桌上。

沒有人講話，也沒有人發出聲音。料理冰冷又無味，不過凱伊並未感到任何不滿。

「你在下面的世界是什麼樣的學生？」

有一次，冰雪女王問凱伊。

「什麼樣的學生……」

凱伊想起一段不甘心的回憶。在某次戲劇成果發表會上，一個長得不比他帥、身材沒他好，功課也沒他強的男生，竟然被選為王子的角色。

他唯一比凱伊好的，就只是出生在一個富裕的家庭而已。

「因為我家很窮，所以我沒被選上。」

那個男孩的爸爸有權有勢，與學校高層素有往來，而且還給學校捐了很多錢。

「你明明長得如此俊俏。」

女王嘲諷地笑道。

「你明明長得如此俊俏，卻什麼也沒有呢，沒有財富、榮耀，也沒有幸運，但是我最喜歡這樣的人了，我最喜歡什麼也沒有的孤獨的人了。那樣的人就是我最愛的，一旦他們擁有了什麼，我就會瞬間討厭起那些人。」

冰雪女王又說：

「來吧，過來這裡吧，把你的頭枕在我的膝蓋上。」

凱伊在冰雪女王的命令下走向前去。一股不寒而慄的感覺竄過他全身，他始終無法習慣那樣的感覺。不過，他還是毫不猶豫地橫躺下來，把頭枕在冰雪女王的膝蓋上。

女王用手輕輕撫摸他的頭髮，一股令人顫慄的寒意貫穿他全身。

「很冷嗎？」

女王淡然一笑地問。

「你很快就會習慣了，你很快就不會再有任何感覺了，不管是寒意、冰冷還是哀傷。到時候，你就會正式成為這裡的一分子了。」

冰雪女王的宮殿裡，有一間房間矗立著好幾尊冰雕。每一尊都是活生生被凍結成冰雕的俊美少年。凱伊問冰雪女王，為什麼這些男孩會變成這樣，只見她臉上露出冷酷的笑。

「因為他們背叛了我的命令，所以必須像這樣被冰凍一輩子。」

「什麼樣的命令？」

「比方說，這孩子沒有按照我的命令去偷東西，而這孩子沒有背叛他的朋友，這孩子則是沒有殺死他的父母。」

凱伊心想，自己有一天也會像這樣被冰凍起來嗎？

話雖如此，但奇怪的是，他絲毫不感到害怕，因為被冰封起來的少年都非常俊美。

如果能像這樣一輩子鎖住青春，一輩子不需要變老，就算被冰封起來也無所謂。凱伊心中冒出這樣的念頭。

每天晚上，冰雪女王都會脫光他的衣服，愛撫他的身體。冰雪女王的手明明像冰塊一樣冷，但愛撫的技巧卻爐火純青，讓凱伊不由得敞開身體，全身顫慄地陶醉其中。

「你在想什麼？」

凱伊閉著眼睛，整個人呈現放空的狀態，冰雪女王突然停下愛撫的動作，對他耳語道。

「沒想什麼。」凱伊淡淡微笑。

他曾經有過一個心儀的少女。他曾經想過總有一天要像這樣，讓對方成為自己的人。但他無法觸碰對方，因為少女實在太天真無邪了，太潔白無瑕了。

在冰雪女王的愛撫下，他體驗到歡愉的滋味與最赤裸的慾望。儘管他覺得這樣的自己很可悲，卻從不覺得自己是汙穢的。

因為每一次，記憶中那個天真無邪的少女，都會在他心中如花一般盛放。少女總是在他心中如純白的花朵一般綻開，然後又在不知不覺之間如泡影般消失不見。就像冰雪女王帶領他品嘗的悅樂一樣，總如曇花一現般倏忽即逝。

冰雪女王的宮殿裡有一群像凱伊一樣被誘拐來的少年。他們似乎是從各個不同國家被拐來這裡的。

「你們做過哪些壞事？」

這天晚上，冰雪女王慵懶地坐在一群少年之間，照例提問道：「說來聽聽吧，你們在下面的世界做過最壞的事情是什麼？做過最壞的事情的人，我會給他獎勵。」

少年們的眼神中閃現欲望的光芒。

「女王陛下，我曾經跟一群壞朋友一起在商店裡偷過麵包。」

「我以前曾經殺死一隻貓。我毫不手軟地用很殘酷的方法挖掉牠的眼睛，然後再把牠吊在樹枝上。」

「你們那些根本不算什麼，我還曾經偷我爸爸的存摺，把裡面的錢全部領出來呢，然後我就開溜了。我爸現在應該在哀嘆著他老了以後的生活費全沒了吧。」

少年們的自白小至在店裡偷東西，大到挪用老人的鉅額存款、殘殺貓狗等無所不包。罪惡愈深重的，冰雪女王愈高興，還會大力誇讚少年。

「我殺了我妹妹。」

此話一出，連平常逞凶鬥狠的少年也不免一陣譁然。

「誰叫爸媽只疼愛我妹，所以我一氣之下就殺了她。」

「你是怎麼下手的？」

「我們在湖面上滑冰的時候，我故意誘導她到冰層比較薄的地方，結果她滑一滑，冰面嘎啦一聲裂開，她就這樣掉入深深的湖底了。」

「真有你的……」

眾人紛紛發出讚嘆聲。

少年們毫無悔意地炫耀著自己犯下的罪行，這在某種意義上來說是否也算一種淨身的行為呢？

少年們如此得意、如此無所顧忌地談論著罪惡。

那些事情究竟是真的？還是純粹的幻想呢？凱伊也分辨不出來。說不定連少年自己本身都不曉得吧。從某種意義上來說，這是否就是人在少年時期會刻意使壞的一種獨特心理呢？

「那你又做過什麼壞事呢？」

冰雪女王把視線移到離那群少年稍遠的凱伊身上。

「你來到這裡之後還沒說過半句話呢，今天晚上就讓我來好好聽聽你究竟做過什麼樣的壞事吧。」

凱伊沒有盜用過爸爸的存款，也沒有殺過貓，更沒有殺過妹妹，不過就算是這樣，要說他是不是沒有其他少年那麼壞，他也答不出來。

硬要說的話，他一直以來都在對自己撒謊不是嗎？一直假裝自己是個好孩子，扼殺了自己的心。

這麼說來，他以前好像也曾經有一個媽媽。凱伊循著模糊的記憶，驀地想起一件過去發生的事情。

在窮困的環境下，媽媽努力撫養他長大。媽媽是個自卑的女人，一直對於自己與來歷不明的男子生下凱伊這個私生子感到羞恥。

「我的爸爸是誰？」凱伊想問卻問不出口。在窮困的生活中，光是為了幫忙媽媽兼職、慰勞筋疲力盡的她，就已經讓凱伊忙不過來了。

「我為了你吃盡苦頭，為了你放棄一切。」

即使媽媽沒有說出口，她的眼神也道盡了一切。媽媽全身上下都在這麼對他說。凱伊雖然切身體會到這一點，卻沒有任何反擊的力量。他覺得自己必須花一輩子的時間報答媽媽的養育之恩，而且他也從小就被灌輸這樣的觀念。

後來，媽媽有了喜歡的人。長久以來孤家寡人的她，終日灰頭土臉埋首於工作中的她，突然開始每天早上對著鏡子塗上薄薄一層口紅。

媽媽全身上下散發出來的嫵媚女人味，令凱伊感到不知所措。每次只要男人來訪，媽媽就會變得異常生氣勃勃，而年幼的凱伊全都默默看在眼裡。

凱伊並不討厭那男人，但也說不上是喜歡。對於那男人介入他和媽媽之間貧困而親密的生活，他內心有種複雜的厭惡情緒。

不過從某個時候開始，那男人突然遠離他們的生活。媽媽又變回從前那個蓬頭垢面的女人，原本頻繁使用的鏡子，再次被收進房間櫥櫃的深處。

「反正媽媽還有你在，只要這樣就夠了。」

媽媽像是在說給自己聽似地，撫摸著凱伊的頭髮。

騙人，凱伊想這樣反駁，妳只注重世人的眼光，只是想要守住身為寡婦的顏面，讓人覺得妳是個潔身自愛的人而已。

那一瞬間，凱伊憎恨起媽媽的自私，恨她任意把對兒子的愛搬出來作藉口。

「我做過的壞事……」

凱伊欲言又止地開口了。

「大概就是說謊吧。」

「說謊？你對誰說謊？」

「每一個人，我對家人、朋友、學校老師，還有對我自己說謊。」

連他自己都相信自己是個好孩子，不，他說服自己這麼相信。

他是媽媽眼中孝順的兒子、同學眼中親切的朋友、老師眼中勤勉的資優生……

「我從未懷疑過努力扮演這些角色的自己。或者說，我反而對此感到驕傲。」

可是如今回頭一看，他很清楚那只不過是一道隱藏自己真心的面具而已。其實在那完美無瑕的面具底下，醜陋的嫉妒、怨恨與自卑感始終滾滾沸騰著。

「偽善會愈磨愈光亮，不過你至今為止所做的事情，還沒厲害到足以稱之為偽善。」

冰雪女王輕笑道。

「但我滿看好你的，你也很有發展邪惡的潛力。」

某天，凱伊在冰雪女王的召喚下被帶到某個房間。那是整座宮殿裡最大的空間，周圍長達幾哩，上頭還有神祕的極光照耀。

在那間遼闊無邊的廣大空間正中央，有一座巨大的冰湖。湖水表面被切割成上千萬塊碎冰，每一塊的形狀和大小都一模一樣，儼然是個完美的藝術品。

冰雪女王佇立在湖邊，向凱伊招了招手。

「你過來這裡。」

凱伊走上前去，探了探湖面，發現底下倒映著一個上了年紀的陌生女人。

「凱伊、凱伊，噢，我的凱伊啊……」女人在床上痛苦呻吟著。

「這女人是誰啊？」

凱伊問。她究竟是誰呢？隱隱約約覺得有什麼東西要從記憶底層浮現出來，但凱伊還是不曉得她是誰。

「她是生下你的女人喔。」

冰雪女王邊說邊確認凱伊的表情。

「生下我的女人？」

「沒錯，就是你的媽媽。」

「我才沒有什麼媽媽，我是從冰雪結晶當中出生的。這不是妳之前告訴我的嗎？」

他沒有可以回去的地方，也沒有出生的地方，他覺得自己好像從開天闢地以來，就一直是孤單一人。

「我是在這座冰宮裡出生的，而且我從很久以前開始就住在這裡了。」

凱伊堅持道。

——但說不定這個世界上有另一個我不知道的世界啊，我以前是不是在那裡生活過呢？

「大家都忘得一乾二淨。」

聽冰雪女王這麼一說，凱伊用力搖了搖頭，像是要把什麼念頭趕出自己的腦袋。

他不想思考任何事情，不必思考也無所謂。

反正只要做些邪惡或殘酷的事，就能夠討冰雪女王的歡心，就能得到美味的甜點和溫柔的愛撫，這樣就夠了，除了這些，他什麼也不需要。

他會一天一天被玷汙下去，就這樣被玷汙到體無完膚為止。

但凱伊反而覺得這樣很痛快。他再也回不去下面的世界了，他再也回不去那個曾經愛著少女的單純的自己了。

冰雪女王與少年們正在空中飛翔。他們穿越山谷，飛越平原上空，經過了無數個城鎮。

如果有人親眼目睹，該會覺得這畫面是多麼美麗啊。閃閃發光又擁有絕世美貌的冰雪女王，還有一群跟在她身後長著冰羽毛翅膀的美少年。

不過，倘若目擊者知道這耀眼的一行人，正為了進行一項恐怖至極的行動而前往目的地，恐怕會嚇得毛骨悚然吧。

「這裡就可以了。」

在夜晚的靜謐中，整座城鎮安靜地沉睡著。冰雪女王和長著冰翅膀的少年俐落地降落在空無一人的廣場上。

「今晚這裡會發生暴風雪，我要讓這座城鎮被毀滅。」

凱伊覺得這座城鎮有點眼熟。

該不會他曾經住過這座城鎮吧？而且這裡該不會也住著他親愛的家人吧？

凱伊腦中突然掠過這樣的念頭，不過那種事情，事到如今也無所謂了，怎樣都無所謂。

「這是你要做的第一件大事呢。」

冰雪女王不知何時來到凱伊身邊，輕輕對凱伊露出意味深長的笑容。

「讓我見識見識吧，讓我看看你可以對人類冷酷到什麼程度，看看你對我有多忠誠，對我的愛又有多深。」

「遵命，女王陛下。」

凱伊喃喃答道。

冰雪女王曾經面帶殘酷的微笑說：「沒有什麼我辦不到的事。我可以用大雪掩埋掉一座城鎮，也可以用暴風雪凍結一座城鎮。」

如今，他們即將付諸行動。

整座城鎮在凱伊的眼前沉睡著。這是含辛茹苦養育他長大的媽媽，還有心愛的格爾達居住的城鎮。現在這座城鎮裡的人們正安然熟睡著，絲毫不曉得自己即將面臨多麼殘酷的命運。

一思及此，一股莫名的感慨緊緊壓迫著凱伊的心。

人類就是如此，人類本來就是那樣，那樣渺小而無力……人類什麼也做不到，什麼也改變不了，什麼也無法阻止。不，他們甚至什麼都不知道，連自己即將面臨的命運也是。

「怎麼了？你在想什麼？」

在夜晚的靜謐中，凱伊望著毫無防備的城鎮陷入感慨。冰雪女王見狀，如此低語道：

「你在害怕嗎？你不會臨陣退縮吧？」

「我才沒有在害怕。」

因為他心中沒有愛。因為他沒有對人的愛，也沒有對從小生長的故鄉的愛。所以他沒有絲毫的猶豫，他才不會退縮。

可是真要說來，他對那美得令人窒息的冰雪女王也同樣沒有愛……凱伊的內心很空虛。

為什麼他現在會在這裡呢？他接下來到底打算做什麼呢？

這時，凱伊聽見一個聲音。

「凱伊，不可以，你不可以做那種事！」

話說回來，凱伊消失以後，小格爾達又過得如何呢？

——凱伊，你究竟去了哪裡？

格爾達不斷尋找凱伊，她問遍了每一個共同的友人，找遍了每一個凱伊可能會去的地方，廣場、商店、朋友的家……

有幾個男孩子說他們曾在廣場上看到凱伊。

「他很開心地在玩雪橇。」

「對了，他好像把自己的雪橇綁在某個人的大雪橇上。」

「然後那個大雪橇呢？」

「不知道耶，大雪橇就這樣一路迅速往前衝，最後不曉得跑去哪裡了。」

「聽說有人看到那個雪橇穿過城門往外面跑。」

格爾達哭了，凱伊那窮苦的媽媽也哭了，一向疼愛凱伊的格爾達奶奶也哭了。

學校老師以及經常接受凱伊指導，或在他的保護下免於被壞孩子欺負的低年級生們也都哭了。

但是再多的眼淚也換不回凱伊的歸來。

有人說他是不是掉進了流經城鎮旁的那條河裡，因為那天剛好河水暴漲，水勢湍急。由於當地不太可能會發生誘拐或殺人等社會案件，因此大家也只能夠做這樣的推測。

就這樣，漫長而陰暗的冬天過去，春天到來了。成天以淚洗面的格爾達以為自己早已哭乾了眼淚，但她對凱伊的回憶不僅沒有淡去，反而日益鮮明。

一天早上，格爾達穿上心愛的紅鞋，一個人步出家門，前往大家推測可能是凱伊溺死的那條河。凱伊真的是掉進這條河裡溺死的嗎？

「真的是你奪走了跟我最要好的凱伊嗎？把凱伊還來。如果你把他還給我，我就把我最心愛的紅鞋送給你。」

說完，格爾達脫下紅鞋，毫不惋惜地拋進河裡，但小小的波浪把鞋子再次衝回岸上。格爾達心想，是不是她丟的方式不夠好，所以她跨上繫在附近的小船，從船頭再次把鞋次扔進河裡。

然而，由於小船繫得不夠牢固，繩子一下就鬆了開來，使得小船逐漸漂離岸邊。格爾達慌忙想下船，卻已經太遲了，小船被川流沖得離河岸愈來愈遠。

格爾達嚇得拚命求救，卻完全無計可施，只能束手無策地光著腳坐在小船裡。

小船不斷前進，兩岸的景色相當優美。沿途風景變化多姿，有時看見美麗綻放的花朵，有時看見放牧牛羊的綠色山丘。即使是坐以待斃的格爾達，也不免心想，或許這條河正將她運往有凱伊在的地方，一想到這，心情也稍微好了一些。

這時，她突然看見前方有一幢奇怪的房子，周圍是一座很大的庭院，屋頂則是紅色和藍色的。有兩個軍人舉著槍站在屋前。格爾達以為他們是活人，便出聲叫喚，卻沒換來任何回應。原來那其實是木頭人。

經過那幢房子前時，格爾達扯開嗓子大聲呼叫。這時，一名年邁的老婆婆拄著枴杖從屋裡走出來。她頭上戴著一頂大遮陽帽，上面還畫著漂亮的花朵圖案。

「哎呀，可憐的孩子，妳是從哪裡被沖過來的呢？」

老婆婆涉水走進河裡，用枴杖把小船勾到岸邊，把格爾達抱上岸。

老婆婆招待格爾達進屋後，端出溫熱的茶水與麵包。

「妳到底是誰呀？怎麼會來這種地方呢？」

格爾達交代自己的來歷後，問老婆婆有沒有看過凱伊，老婆婆說她沒看過，但總有一天凱伊會經過這裡，所以建議格爾達留下來慢慢等待。

「我自己一個人住在這兒。妳就留下來生活，每天欣賞花兒吧。我家的花比別的地方都漂亮，而且還會說話呢。」

老婆婆端出一大盤堆積如小山的可口櫻桃給格爾達吃。在格爾達享用櫻桃的時候，老婆婆還用金色的梳子替她梳頭髮。

「我一直很想要一個像妳這麼可愛的孩子，我們一定會相處得很愉快的。」

由於老婆婆是個巫師，因此在她幫格爾達梳頭的過程中，格爾達逐漸把凱伊和自己家的事情忘得一乾二淨。

老婆婆並不是壞人，只是她一心想把格爾達留在身邊。

之後老婆婆走向庭院，朝著五彩繽紛的玫瑰花伸出手中的魔杖。就在那一瞬間，美麗綻放的玫瑰花全都沉進土裡，只剩下一片黑抹抹的地面。

老婆婆聽完格爾達說的玫瑰花的事情以後，害怕格爾達萬一看到玫瑰花想起凱伊，有可能會從這裡逃跑出去。

接著老婆婆帶格爾達參觀她引以為傲的花園。花園裡開滿整片不同季節的花朵，散發著令人陶醉的清香。多麼地絢爛，多麼地芬芳啊。

格爾達陶然忘我地在花園裡玩耍。她摘了一整天的花，但神奇的是，不管她怎麼摘，花都會持續不斷地開。

格爾達就這樣在花園裡度過了一天的時間。到了晚上，老婆婆替她準備好漂亮的床，床上還鋪著一條紅絲被。床和枕頭都像那座花園一樣，飄散著令人心曠神怡的香味。格爾達安詳地進入夢鄉，在夢裡她成了一個公主，並與英俊的王子結婚。

接下來兩天，格爾達都在花園裡玩得不亦樂乎。幾天過去以後，格爾達已經把花園裡的花名全都記起來了。但她總覺得好像少了一種花，可是她怎麼想就是想不起來那究竟是什麼花。

一天，格爾達不經意瞥見老婆婆放在桌上的帽子，上面畫著各種顏色的美麗花朵，而畫在正中央的是豔麗的紅玫瑰。

沒錯，格爾達捶了一下自己的手，所有花朵之中最豔麗嬌美的就是玫瑰花，但為什麼老婆婆的花園裡唯獨少了那種花呢？連一朵也沒有。

老婆婆的詭計失敗了。為了不讓格爾達離開，她把所有玫瑰花都埋到地底下，卻沒注意到自己的帽子上也畫著玫瑰花。

「沒有、沒有，怎麼都沒有玫瑰花……」

格爾達在花壇間竄來竄去，然而不管她怎麼尋找，就是找不到任何一朵玫瑰花。

傷心的淚水滑落格爾達臉頰……就在這時，滾燙的淚珠沾濕了土壤，原本埋在地底下的玫瑰花竟然瞬間出現在地面上。

格爾達喜出望外地對玫瑰花獻上一吻，結果那些被掩埋的記憶，也同時在她腦海中甦醒。

她不能再耽擱下去了，她必須去尋找凱伊才行。

格爾達偷溜出老婆婆的家，一個人行走在路上，走著走著，突然遇見一隻飛在空中的大烏鴉。

「嘎——嘎——看妳匆匆忙忙的，究竟要去哪裡呀？」

格爾達告訴烏鴉，自己正在尋找一名叫凱伊的少年，沒想到烏鴉竟然說牠曾經看過一個像凱伊的少年。

「真的？真的嗎？你在哪看到他的？」

見格爾達如此迫切，烏鴉便告訴她接下來這番話。在烏鴉居住的王國有一個公主。公主頭腦非常聰明，並且堅持自己只願意跟頭腦一樣聰明、可以和她對等交談的人結婚。

「其實我有一個未婚妻，她跟我一樣是烏鴉，不過她現在住在王宮裡。這件事是我從她那裡聽來的。」

公主在全國上下廣招駙馬，所有應徵者都可以進宮與公主談話，而其中與她最相談甚歡者，即可成為公主的夫婿。

各地少年前仆後繼而來，但公主沒有一個看上眼的。光是穿過城門，從成排穿著制服的衛兵面前經過，當著一群裝束華麗的宮僕面前，來到璀璨水晶燈照耀下的大廳，就已經足夠讓人手足無措的了，所以當大家來到坐在王座上的公主面前時，早已經沒有多餘的心力與公主交談。

然而到了第三天，有一名少年連馬也沒騎，就這樣大步走進城內。

「他留著一頭長髮，眼睛就像妳這樣閃閃發亮，只是外表看起來很寒酸。」

「他就是凱伊！」格爾達興奮叫道。

「太好了，我終於找到凱伊了！」

「聽說他穿過城門，走過成排穿著制服的衛兵面前，踏上階梯，當著一群穿著金光閃閃制服的宮僕面前，來到璀璨水晶燈照耀下的大廳，一路上都沒露出任何懼色。他走路時腳上的鞋子還會發出唧唧的聲音。」

「沒錯，他果然是凱伊！」格爾達說。

「我知道凱伊穿的鞋子會發出唧唧的聲音！」

聽說少年來到王公貴族聚集的大廳後，大步邁向王座上的公主，然後對她說：「我不是來這裡應徵駙馬的，我只是想來親眼確認一下，公主是否真如傳聞所說那樣聰明。」

「然後呢？凱伊有成為公主的夫婿嗎？」

「他們一見鍾情啊。少年也愛上了公主，公主也覺得少年很完美。」

「果然，凱伊頭腦一向很好，他不但知道很多世界各地的城市名，還很善於分數的心算呢。」

說完，格爾達眼睛一亮，激動地喊道：

「烏鴉先生，求求你，帶我去見凱伊吧，現在就去！」

「這、我也很想幫妳啦。」

烏鴉慌忙答道。

「我會跟我未婚妻商量看看的，她一定會想到什麼好辦法，讓妳這麼小的孩子也能順利進宮。」

傍晚時分，烏鴉回到約定的地點。牠告知格爾達不能從有成排衛兵和宮僕所在的正門進宮，但牠的未婚妻知道哪裡有小暗梯可以通往寢室。

喜出望外的格爾達在烏鴉的帶領下進入庭院，踏上通往宮殿的林間大道。宮殿看上去一片漆黑，沒有任何一扇窗戶透出光芒。格爾達好不容易抵達後門，幸運的是，後門開著一道縫隙。

格爾達心中充滿期待與不安，那個少年真的是凱伊嗎？

不過，她迅速打消了不安的念頭，她不由得想起凱伊充滿智慧的眼神與一頭長髮。為了尋找凱伊，她走了多少哩路才來到這裡；凱伊離開之後，大家又是多麼地傷痛欲絕。相信凱伊聽了以後，一定也會很感動的吧。

格爾達來到一段梯子前，櫃子上亮著一盞小燈，而烏鴉的未婚妻就停在櫃子另一頭，目不轉睛地盯著格爾達看。格爾達禮貌地向牠打了聲招呼。

「我的未婚夫跟我說過妳的事情了。我會為妳帶路。妳只要從這邊一直往前走，就不必擔心會遇到任何人。」

三人經過無數個房間，穿過無數道走廊。如果只有自己一個人，肯定會迷路吧。一想到回去時能不能順利離開這裡，格爾達就感到一陣心慌。

腳步愈往前進，房間的布置就愈為華麗。終於，格爾達與烏鴉們抵達了公主殿下的寢室。

房內點著微弱的燭光，隱約可見兩張有優雅蕾絲頂棚的床，其中一張床上睡著公主殿下。那麼另一張床上……肯定就是凱伊了吧。

格爾達的心臟撲通撲通地跳著，她呼喚了一聲凱伊的名字。床上的少年睜開眼睛，轉頭看向她，可惜那個人並不是凱伊，而是一個素未謀面的陌生人。

那位英俊的少年一臉驚訝地盯著格爾達看。這時，隔壁床的公主殿下也從睡夢中醒過來，伸了一個小小的懶腰。

「怎麼回事？你們到底是誰？」

格爾達驚嚇得哭了起來。公主和王子一直溫柔地安撫她，要她別哭、別哭了。格爾達一邊啜泣著，一邊將事情的來龍去脈說給他們聽。

「可憐的孩子啊。」

公主喃喃說道。

「你們帶這孩子來這裡，真是做了一件好事。」

公主誇讚烏鴉道。這次的功績也讓兩隻烏鴉在宮中獲得一定的地位，還得到了宮廷食物的賞賜。

王子讓出自己的床位，讓筋疲力盡的格爾達在那裡休息。隔天早上，公主與王子替格爾達準備了充足的行囊，不但讓她換上絲絨材質的服裝，還送給她有蓬鬆毛皮的長靴與溫暖的暖手筒。

雖然兩人說她可以一直留在宮裡，但格爾達一心只想趕快出發去尋找凱伊。

終於到了出發的時刻，一輛純金打造的全新馬車停靠在宮殿前方。馬車側面可以看見王子與公主的紋章像星星一般閃耀，車伕、僕人與護衛隊則被授以金色冠冕。

王子與公主扶格爾達跨上馬車後，要她一路上多多保重，互訂終身的兩隻烏鴉也送她到森林入口為止。

馬車隊駛進幽暗的森林中，但不幸的事再度找上格爾達，他們遭到一群山賊的攻擊。

「快看！是黃金馬車耶！」山賊鼓譟著，包圍住格爾達的馬車。

格爾達嚇得渾身發抖，山賊一眨眼就搶過馬匹，並一一殺死馬伕、護衛隊和僕人。

格爾達被拉出車廂外，山賊一左一右地架著她，她只能不斷地發抖。

「真是個可愛的小女孩啊，還穿著這麼華麗的衣服，應該是吃著山珍海味長大的吧？」

山賊老太婆如此嚷嚷著。她臉上長著粗硬的鬍子，眉毛長得整坨垂到眼睛上方。

「這小女孩看起來太可口了，我這就來……」老太婆抽出磨得光亮的匕首，準備一刀刺向格爾達的肉。就在這時……

「哎唷！」老太婆放聲大叫。原來是她那愛搗蛋的小女兒跳到她的背上。

「這女孩是我的！」女兒喊道。

「這女孩會成為我的朋友，漂亮的暖手筒也由我接收，我還要讓她跟我睡同一張床。」

說完，她又用力咬了老太婆一口，讓老太婆痛得直跳腳，山賊們則是在一旁看得捧腹大笑。

由於山賊女兒從小嬌生慣養，因此什麼事情都得順著她的意才行。連山賊老太婆在這孩子面前都抬不起頭來。

山賊女兒和格爾達一起乘上馬車後，朝著馬一揮鞭，馬車就立刻向森林深處前進。

「我不會讓他們殺死妳的，除非我自己也討厭妳了。妳一定是哪來的公主，對吧？」

「妳誤會了。」說完，格爾達把事情的來龍去脈說給她聽。山賊女兒聽完以後，露出真摯的眼神注視著格爾達。

「看不出來原來妳吃了這麼多苦啊。我知道了，我不會讓他們殺死妳的，就算發生了什麼讓我討厭妳的事也一樣。萬一真的有那一天，我會親自動手殺死妳的。」

然後她替格爾達拭去淚水，再將雙手放進蓬鬆溫暖的暖手筒裡。

馬車在山賊城寨的正前方停了下來。入口處有好幾隻凶猛的鬥牛犬在看守，但牠們一見到山賊女兒便停止吠叫。

在堆滿陳年煤灰的大殿裡，石頭地板正中央有一座巨大的坑爐正在燃燒。上頭的大鍋子裡正在煮湯，爐火上則有一圈一圈在旋轉的兔肉串。

「妳今天跟我的動物一起睡在我旁邊喔。」

在房間的一角，有無數隻鴿子停在上方的椽梁上。山賊女兒一邊說著：「這些是我的鴿子喔。」一邊抓起一隻離她最近的鴿子，把牠靠向格爾達的臉龐，好像在叫鴿子親她一樣。

「這位是我的老朋友。」

接著山賊女兒又抓住一隻馴鹿的角，把牠拉上前來。馴鹿的脖子上戴著一條亮晶晶的銅項圈，上面拴著一條繩子。

「妳再說一遍剛才說的凱伊的事。」

在山賊女兒的要求下，格爾達躺在床上將整件事情娓娓道來。不過，在格爾達敘述的過程中，山賊女兒卻不知不覺睡著了。

但格爾達實在沒有心情睡覺，因為沉沉進入夢鄉的山賊女兒，一手摟著她的脖子，另一手卻握著一把匕首。

她究竟會面臨什麼樣的遭遇呢？這女孩究竟是好人還是壞人呢？那群山賊依舊圍坐在爐火旁飲酒作樂，老太婆則在不知不覺中打起盹來，眼前一切畫面都令格爾達感到寒毛直豎。

然而……就在此時，籠子裡那些鴿子突然開口說話了。

「咕——咕——我們看過凱伊喔。他搭著冰雪女王的馬車，飛越了森林的上空。」

「什麼？你說真的嗎？」

意外的消息令格爾達不禁提高音量。

「冰雪女王去了哪裡？」

「她一定是去了拉普蘭啊，因為那裡一年到頭都被冰雪覆蓋！」

「沒錯。」這時，被繩子拴住的馴鹿也加入話題。

「那裡全都是冰和雪。冰雪女王的城堡就在比那裡更遙遠的、接近北極的斯匹茲卑爾根島喔。」

「噢，凱伊，我的凱伊！」格爾達焦急地嘆了口氣。

隔天早上，格爾達轉述鴿子們說的話給山賊女兒聽。

山賊女兒一臉認真地聽完後：「那你知道那個拉普蘭在哪裡嗎？」

被山賊女兒這麼一問，馴鹿眼睛亮了起來。

「當然知道啊，因為我就是在那裡出生長大的呀。」

「我知道了，我有一個好主意。」

山賊女兒湊向格爾達耳邊竊竊私語。

「現在那些男人都出去了，只剩下老媽在家而已，老媽吃早餐的時候也會喝一大堆酒，之後她就會開始打盹了，到時候……」

如山賊女兒所說，老太婆在吃完早餐之後，確實醉得開始打瞌睡，不久之後便鼾聲雷動。山賊女兒見狀，立刻湊向馴鹿身邊說：

「你現在就帶這孩子去冰雪女王的城堡。你有聽到她說什麼吧？無論發生什麼事，你都要讓她見到那個叫凱伊的少年。」

馴鹿高興得跳了起來，山賊女兒將嚇一跳的格爾達抱到馴鹿背上。

「這是妳的長靴，不過暖手筒得歸我喔，因為它太漂亮了。我拿老媽的手套給妳用，只要有這個，再冷的地方也不怕。」

「真的太謝謝妳了……我不知道該如何表達我的感謝才好。」

「我最討厭人家哭哭啼啼的了。」

山賊女兒不假思索地對淚眼汪汪的格爾達說。

「麵包和火腿也一起帶上，以免妳半路肚子餓。」

為了避免鬥牛犬吠叫，山賊女兒把牠們全部叫進屋內，然後一鼓作氣地用匕首切斷馴鹿的繩子。

「好了，快帶格爾達出發吧。路上不管發生什麼事，你都不能讓這孩子遭遇危險喔。」

喜極而泣的格爾達向山賊女兒道別後，馴鹿便載著格爾達全速奔馳上路。

穿過巨大的森林，越過沼澤、草原和峽谷。聽著狼嚎、鳥啼、貓頭鷹叫，望著令人目眩神迷的極光在空中蕩漾，馴鹿只是日以繼夜地向前奔跑。

千里迢迢抵達拉普蘭後，馴鹿在一間看起來隨時都快腐朽的破爛房舍前停了下來。裡頭住著一個拉普蘭老太太。

老太太從馴鹿口中得知格爾達的事情後，便告訴他們冰雪女王住在離當地百哩遠的芬馬克。

「我寫封信給你帶去吧。有一個芬馬克老太太住在那裡，她應該會提供你們更多關於冰雪女王的情報。」

由於老太太手邊沒有紙，便將信的內容寫在一片鱈魚乾上。格爾達收下鱈魚乾後，馴鹿便再度背著她目不旁顧地上路了。

到達芬馬克後，馴鹿與格爾達請求芬馬克老太太替他們指路。老太太招呼快凍僵的格爾達與馴鹿進家裡休息，並反覆閱讀寫在鱈魚乾上的訊息。

「聽說您是個非常睿智的人，請您助她一臂之力吧。她為了尋找朋友，千里迢迢從一個遙遠的國家來到這裡。請問冰雪女王的據點離這裡還很遠嗎？她有沒有辦法抵達那裡呢？」

馴鹿為了格爾達誠心懇求著，格爾達也淚眼汪汪地注視著老太太的臉。

老太太走向房間角落的櫃子，從裡面拿出一張捲起來的巨幅獸皮。她把它攤開在地上，上面寫著滿滿奇形怪狀的文字。老太太專注地閱讀上面的文字，好一會兒之後才把馴鹿單獨叫到角落，悄聲對牠說：

「那個名叫凱伊的少年確實在冰雪女王那裡，不過冰雪女王已經用魔法讓他忘卻了人類的心，因為凱伊的胸口掉進了一塊碎冰，眼睛裡也掉進了一粒碎冰。只要那些碎冰一天沒取出來，凱伊將永遠受到冰雪女王控制。」

「請您無論如何都要幫幫她，賜予她可以戰勝那種魔法的力量吧。」

「我並沒有那樣的能力。」老太太嚴肅地答道。

「更何況這世上還有誰能賜予格爾達更大的力量呢？那孩子本身就擁有愛的力量了啊。在人類的世界裡，沒有什麼比愛更強大的力量了。愛甚至擁有融化寒冷的冰塊、喚來暴風雪，甚至是引起暴風雪的力量。

「正因為有那樣的力量，格爾達才能夠來到這裡，不是嗎？我們唯一能做的，就只有看著那孩子接下來要怎麼做、看她的愛擁有多大的力量、看她能夠走到哪一步而已。」

「……」

「格爾達有一顆單純的心，她的愛既偉大又深切。如果連格爾達去到冰雪女王那兒，都無法從凱伊體內取出碎冰，這世上根本沒有其他人可以做到了吧。」

老太太接著說：

「從這裡再往前兩哩，就會進入冰雪女王的領土，你就把格爾達送到那裡吧。庭院裡有一個結著紅果實的巨大灌木叢，你在那裡放下那孩子以後就回來吧。接下來的路程，格爾達必須獨自完成才行。」

說完，老太太將格爾達綁在馴鹿背上，馴鹿再一次使盡全力往前衝刺。

馴鹿在刺骨的寒意中持續奔馳，抵達結著紅果實的巨大灌木叢後，馴鹿放下格爾達，含淚親了她一下。

「我們要在此告別了，接下來我不能再與妳同行了，願妳一路順風。」

馴鹿說完便全速奔馳離去，把格爾達獨自留在冰天雪地的芬馬克大地上。

格爾達完全不曉得該如何是好，只能硬著頭皮繼續往前進。

儘管全身都快凍僵了，格爾達仍然不顧一切往前奔跑。這時，眼前迎來的是一片白雪大軍。白雪並不是從空中飄落，而是從正前方沿著地面直撲而來的。隨著距離愈來愈近，格爾達似乎將被大雪吞噬。

其實那是冰雪女王的先鋒部隊。雪呈現各種不同的形狀，有的像捲起身軀高仰著頭的蛇，有的像令人毛骨悚然的巨大刺蝟，還有的像渾身毛倒豎起來的熊一樣。

格爾達害怕得拚命向神祈禱。在嚴酷的寒冷中，看得見格爾達口中不斷呼出蒸氣一般的白色氣息。

就在她拚命不斷地祈禱，專心念誦神的名字時，不可思議的事情發生了。格爾達口中吐出的氣息變成小天使的形狀，紛紛飄落到地面上。天使一碰到地面就逐漸變大。祂們的身上穿著鎧甲，頭上戴著頭盔，手中還持著長槍與盾牌。

那群天使軍團圍在格爾達四周，用手中的長槍刺向冰雪大軍，於是冰雪女王的先鋒部隊就此粉碎潰散，讓格爾達得以繼續前進。

就這樣，格爾達終於如願踏入冰雪女王的宮殿了。

冰雪女王的宮殿空無一人。無論天花板、牆壁或地板都是冰和雪打造的巨大殿堂……奇怪的是，格爾達進來以後，竟然沒有任何人來阻擋她。她一連行經好幾個冰和雪打造的房間，每一間都不見人影。

在不安、孤獨與幾乎把人凍死的寒意下，格爾達好幾次差點要支撐不住了。但她必須繼續前進，她必須找到凱伊才行。凱伊應該就在這裡，他應該就在其中某個地方才對。

凱伊究竟遭遇了什麼事情呢？冰雪女王有虐待他嗎？該不會他早已被殺害了吧？

找著找著，格爾達突然發現那群被冰封的少年雕像，她嚇得渾身僵硬，但依舊鼓起勇氣從中尋找凱伊的身影，當她發現凱伊不在那裡面時，心中大大鬆了一口氣。

就這樣，格爾達行經好幾個房間以後，終於來到那個正中央有一座冰湖的巨大空間。格爾達小心翼翼地走向前去……

這時，倒映在冰湖表面的詭異畫面躍入格爾達的眼簾。她看見美豔絕倫的冰雪女王飛在前頭，後面跟著一群背上長著冰翅膀的少年。

而其中一名少年正是凱伊。

凱伊人正在他們出生的城鎮上空，而冰雪女王即將揮舞魔杖，準備在這座城鎮掀起一場暴風雪。這一點連格爾達都看得出來。

必須阻止這一切才行，無論如何都得阻止這一切才行！

「凱伊！」

格爾達不由得向冰湖對岸大聲呼叫。

她的聲音傳入了凱伊耳裡，也傳入了冰雪女王耳裡。其實冰雪女王心裡也很明白，這一天遲早會到來。

「凱伊，住手。那是我們心愛的城鎮，那是我們出生長大的城鎮，不要破壞它啊。」

「是誰？是誰在叫我？」

凱伊一個回神，朝四周張望了一下，沒有人啊，可是他確實聽到了一個女孩子的聲音。

「快住手，凱伊。你媽媽也住在那裡啊。」

「我媽媽？」

「你媽媽每天都在等你回家，她每天都盼著你回去啊。難道你連那麼疼愛你的媽媽都忘了嗎？」

「別聽她胡說八道，凱伊。」

冰雪女王發出駭人的叱喝聲。

「你千萬不能聽她亂講。你只要看著我一人，聽從我一人的命令就夠了。」

就在這時，媽媽的聲音也傳入凱伊耳裡。

「凱伊，凱伊，你究竟發生了什麼事？你是不是還平安地活在這世上呢？快點回家吧，媽媽生病了，媽媽只想在活著的時候再見你一面……」

當凱伊回過神來時，才發現自己已經回到了冰雪女王的城堡。被雪和冰包圍的空蕩巨大空間。湖的對岸站著一名少女，見到少女的瞬間，凱伊心裡所有記憶都回來了。懷念的感覺在頃刻間泛遍全身，被遺忘了好長一段時間的溫暖在此刻湧上心頭。

「格爾達……」

就在凱伊打算衝上前時，「不准你靠近她。」冰雪女王突然伸出雙臂緊緊抱住凱伊。

「格爾達，妳敢移動一步試試看，我會把凱伊變成冰雕喔。」

凱伊拚命掙扎，卻始終無法逃脫。冰雪女王冰冷的手將凱伊全身上下凍結起來，讓他漸漸無法移動。很顯然地，凱伊即將要變成一隻冰雕了。

「格爾達，妳不可以過來這裡。」

凱伊費盡力氣大喊道。

「妳得離開這裡才行，現在就立刻回去，回去妳心愛的城鎮。」

「凱伊，我一直一直在找你，好不容易才來到這裡，我們一起回去吧。你媽媽也在等你，你可知道她有多擔心你啊。我奶奶也是，我們大家一直都在等你，我們都很擔心你啊。」

遺忘已久的愛與溫柔，如湧泉般填滿了他的心。

那是遭他遺忘已久的感情。這段日子以來，他只知道憎恨他人、厭惡他人，一心盼著他人的不幸，想著如何陷害他人；渴望看到別人痛苦的樣子，對人懷抱著殺意，思考著如何報仇……這些毒素如湧泉般侵襲、浸染他的全身。

可是現在……

「把凱伊還給我，求求妳了。他的媽媽還在病榻上等他回去。拜託妳，我願意犧牲我自己，只要妳答應放過凱伊。」

冰雪女王突然想起來了，過去也曾有過一個這樣的少女……

那個少女和格爾達一樣有勇無謀。為了保護年幼的弟弟，甘願冒著風雪前進。最後，少女的懷抱讓弟弟換回了一條命。即便冰雪女王讓雪從早降到晚，依舊無法冰凍被少女守在懷中的少年。

即使少女全身都凍僵了，她懷中的少年卻始終活著，心臟撲通撲通地不斷跳動。

純潔無瑕的心靈是強大的，對人毫無保留的愛是強大的，即使是冰雪女王出面，一樣無能為力。

格爾達與凱伊互相衝向對方，緊緊抱在一起，冰雪女王一揮杖，兩人的身體就瞬間變成冰雕。

冰雪女王冷冷地看著這一幕，沒有高興的感覺，也沒有生氣的感覺。硬要說的話，應該是一種莫名的感傷湧上心頭吧。

冰雪女王走向被她變成冰雕的少年與少女。這是多麼美的一座雕像啊。純潔無瑕、彼此相愛的少年少女……這麼教人生氣的東西，怎麼可以放在她的冰雪殿堂裡呢？

「趕緊把這搬上手推車載去丟掉。」

冰雪女王命令其他少年。

「只要把這丟回下面的世界，瞬間就會融化成水了。我才不要把這種東西放在我的宮殿裡。」

二、三名少年匆匆趕上前來，嘿咻一聲扛起冰雕，準備放到手推車上。然而就在此時，「女王殿下。」其中一名扛著冰雕的人不知所措地說：「這個冰雕還活著耶。」

冰雪女王一聽，趕緊走上前去，將耳朵湊向冰雕。確實如他所說，還聽得到心臟怦怦跳動的聲音。

「給我停下來，不准再呼吸了！」

冰雪女王大發雷霆。

「你們已經死了，你們已經被我的魔杖變成冰雕了。」

火冒三丈的冰雪女王不斷用魔杖敲打冰雕。

可是不管她怎麼敲打，那怦怦的心跳聲始終沒有消失，還有刻在兩人臉頰上，那無比幸福的微笑也是……

✦被「冰雪公主」帶走的父親

〈冰雪女王〉是安徒生作品當中的著名童話故事。安徒生的傳記作家埃利亞斯・布列茲托爾夫（Elias Bredsdorff）曾將這部作品與〈小美人魚〉和〈母親的故事〉，共同列為安徒生最傑出的作品之一。

據說安徒生是在旅居德國德勒斯登（Dresdan）期間創作出〈冰雪女王〉的第一章。他是一個旅遊玩家（其實另一方面也是因為他每次失戀時，都會為了療癒情傷而出去旅遊），在那個交通工具還不甚發達的年代，他在有生之年出國旅遊的次數竟然多達二十九次。德勒斯登似乎是他很喜歡的城市，他還曾經寫下「德國對我來說不像是外國」這樣的一句話。

而在一八四四年十二月一封署名給英格曼的信上，安徒生寫道：「完成最新童話作品〈冰雪女王〉於我是一件歡喜之事。由於這篇故事深深滲入我心，因此下筆時幾乎躍然紙上。」

在他的童話當中，有些花了二到三天寫成，有時甚至只需要數小時即完成，但其中這篇〈冰雪女王〉算是他的作品之中，完成時間較長的一篇。儘管如此，這篇作品的創作始於一八四四年十二月五日，並於大約兩週後的十二月二十一日出版成冊，依然算是非常地迅速。

根據翻譯安徒生作品的德國文學家高橋健二所述，這篇童話與其他童話一樣，都融入了安徒生幼年時期的回憶，比方說格爾達那位信仰虔誠的溫柔奶奶，原型就是對小安徒生疼愛有加的祖母。

另外，將一枚用暖爐烤過的銅幣貼在冬天結凍的窗戶上，做出一個小洞窺視窗外景象，據說也是他經常和父親一起玩的遊戲。

安徒生的父親在他十一歲時過世，而母親卻告訴他父親是被「冰雪公主」帶走的。安徒生寫道：

「我知道媽媽的意思，因為我想起了去年冬天的事。那天家裡的窗戶結了冰，爸爸要我們看其中一面窗戶的玻璃上，出現了一個伸出雙臂的少女的形狀。爸爸開玩笑地說：『這個人一定會來帶我走的。』因此，如今爸爸死了躺在床上，媽媽腦海中浮現出這件事。我的腦海中也不斷想起爸爸說過的話。」

（擷自布列茲托爾夫《安徒生的生涯與作品》）

像冰雪女王這種把人類拐到冰天雪地的恐怖形象，其實也是安徒生的童年回憶所培養出來的。

✦男性版灰姑娘

安徒生在自傳《我的童話人生：安徒生自傳》的開頭這樣寫道：

「我這一生稱得上是一部美麗動人的童話，情節曲折變幻，引人入勝。」

（中略）

「我從小就因貧困無助，獨自闖蕩世界〃運氣還好，遇到一位純真的小精靈，她對我說：『選準生活的方向和目標，按自己的意願和理性的需求去發展，我會給你指引和保護。』命運對我來說還從未有過如此睿智幸運的啟示。我將透過從我自己的人生故事所獲得的啟迪告知世人：仁慈的上帝是世間萬物的萬能主宰。」

（擷自布列茲托爾夫《安徒生的生涯與作品》）

確實，安徒生的生涯就如布列茲托爾夫所說，即使說他是「男性版灰姑娘」的奇蹟生涯也不為過。

正如先前已在《令人戰慄的格林童話》第二部或豪華版中所提到的，安徒生出生在丹麥奧登斯的一個赤貧家庭。

他的父親是最下層階級的鞋匠，連工匠工會都無法加入。他的祖父也是鞋匠，卻患有遺傳性的精神疾病。在慈善醫院擔任清潔女工的奶奶也有病態性的說謊癖，阿姨則在哥本哈根開妓院……

不僅如此，安徒生的母親出身極度貧困，從小就必須靠乞討過日子，是個目不識丁、未接受過教育的女性。在性方面也毫無節制，結婚前曾遭行腳商人欺騙而生下孩子，並且毫無節操地接二連三與多名男性發生關係。據說連安徒生的親生父親是誰都不確定，甚至還有人猜測是不是安徒生的教父，也就是慈善醫院的守門人古默德（Nicolas

Gomard）。

安徒生對於自己成長的環境有強烈的自卑感，並對於男女關係混亂的母親深感羞恥。安徒生的母親在他二十八歲時逝世於精神病院，當他得知這個消息時，曾提筆寫道：「聽見母親去世，我第一個念頭就是對神的感謝。想到母親的狀態，我不曉得自己哭過多少次，但我完全無能為力。」

最後他連母親的葬禮都沒出席。

相對於此，儘管安徒生的奶奶患有說謊癖，但安徒生似乎對奶奶懷抱著更溫柔的敬愛之情。所以在安徒生的作品當中，母親的形象大多不是極端理想化，就是存在感相當薄弱。

例如〈冰雪女王〉當中，雖然有出現格爾達的奶奶，卻沒有媽媽的角色；在〈賣火柴的小女孩〉中也是，奶奶被清楚描述成「在這世上唯一疼愛少女的人」，但關於母親的部分卻只提到「一直到不久之前，母親還穿著那雙木鞋」，顯見母親的形象意外薄弱。

VI

山羊鬍國王

King Thrushbeard

淪落為娼婦的
美麗公主

美若天仙的公主
對所有前來求婚的人都看不上眼。
早已厭倦日復一日無聊生活的她，
竟決定嫁給一個身無分文的男人……

*

選自格林童話的故事

某個王國有一位公主，她擁有絕世的美貌，而且相當高傲。她對自己的容貌非常自豪，無論地位再高的男性向她求婚，她也絕不點頭答應。

對此，她的父王多少有些著急。畢竟現在長得再漂亮，美貌也是有期限的。一旦上了年紀，容顏老去，失去身為女人的魅力後，公主能怎麼辦呢？

國王的繼承人只有公主一人而已，他也急著想趁自己還年輕有權勢的時候，趕緊拉攏擁有廣大領土和財富的名門望族。

一天，苦思良久的國王想到了一個好方法。他把所有心儀公主的男性都找進城裡，舉辦一場盛大的宴會，好讓公主藉此機會見見各方有頭有臉的人物，而且不管她願不願意，這次無論如何都要逼她做出一個決定。

飾以精緻壁畫的大殿天花板上垂掛著璀璨的水晶吊燈，每一扇窗戶前都掛著華美的大馬士革提花窗簾。房間的每一個角落都擺設著成套雕工精細的家具，牆壁上則裝飾著華麗的神像雕刻、金色燭臺，以及出自巨匠之手的繪圖或織畫。

正中央的巨大桃花心木桌上擺滿大型的金銀餐盤，上面盛裝著來自世界各地的山珍海味。
在優美的音樂演奏聲中，男人們齊聚一堂，按照身分的高低各自就座。最前面是各國的國王，接著是公爵、侯爵、伯爵、子爵、男爵、騎士，最後面是沒有爵位但家財萬貫的平民。
其中有英俊瀟灑的，也有其貌不揚的；有身材肥碩的，也有弱不禁風的；有滿臉鬍碴的，也有白白淨淨的；有個子高眺的，也有五短身材的，當他們全部聚在一起時，那場面實在很壯觀。
光看這場景就不難想像，這個國家的勢力究竟有多龐大，而公主舉世無雙的美貌又令多少男人垂涎不已。
聚集在現場的男人滔滔不絕地講述起他們身為上門提親者，究竟擁有什麼樣的優點。
「我的親戚遍布歐洲各國，個個都是有頭有臉的皇室貴族。考量到國王陛下的領土安泰，相信這層關係一定會有派上用場的時候……」
這個國王考量到總有一天會爆發戰事，因此提出這番主張。
「我的王國是這一帶最富有的國家。等我迎娶公主進門後，您就可以見識到我們代代相傳的金銀珠寶、駿馬、馬車或家具收藏。由於我國與南美的金礦產地還有直接的貿易往來，因此財富可說是源源不絕，滾滾而來。」

「若您願意將女兒許配給我，我絕不會讓公主感到生活了無新意。我會邀請王公貴族進宮，每天晚上舉辦盛大的舞會。鄰近地區的人們都對宮廷舞會的絢爛豪華、規模盛大早有耳聞。所有人都巴望著能收到邀請函，甚至為此爭得頭破血流呢。」

「我在各地擁有多座城堡，每一座都是從歐洲各地招攬來當代一流的建築師和設計師，耗時多年才打造出來的城堡。公主殿下絕對不會有抱怨無聊的機會。她可以今天住在冬宮，明天搬到夏宮，我保證能讓她過著精彩而愉快的日子，永遠不會有厭倦的一天。」

「我國三不五時會從非洲殖民地運來罕見的南國水果、肉品、松露、鵝肝、魚子醬等珍貴的食物，而且我國的御廚擁有公認數一數二的好手藝，他總是能用同樣的食材變換出截然不同的料理。公主殿下一定能夠日日夜夜品嘗到過去從來沒有品嘗過的美味佳餚。」

除此之外，有的男人聲稱他擁有各種從非洲蒐集來的奇珍異獸，有的男人則說自己擁有傳說中舉世無雙的巨大鑽石，每個人都盡可能地炫奇爭勝。

公主不以為然地聽著這一切，到後來愈聽愈煩躁，終於忍不住脫口而出：

「只會炫耀自己多有錢，本公主最討厭粗俗的暴發戶了。」

「還以為自己長得有多帥……我看總有一天會為這人的風流成性以淚洗面吧。」

「一副嬌滴滴的富家少爺的樣子，我看這人應該是全天下最不可靠的男人了。」

其他還有像是她不喜歡大腹便便的男人、腳短的人不好看、髮量少的男人感覺以後會禿頭、一直稱讚父母代表這人是個媽寶等等，從頭到尾抱怨個沒完沒了。

當在場的男人都講完自己的豐功偉業後，公主冷冰冰地說著：「就這樣嗎？」接著便準備離席而去。

然而就在這時，「公主殿下且留步，在下還沒發言呢。」

聲音從大殿最後面的餐桌末端傳來，所有人都驚訝地將視線集中向同一個地方。那裡有一個衣著寒酸的男人，在這光鮮亮麗的場合顯得相當格格不入。

這樣的男人究竟是怎麼混進來的？大家都在心底自問著。連國王也不解地心想，是不是哪個環節出了錯，才讓這樣的男人混進來。在場的傭人厲聲喝斥，但事到如今也來不及了。

「真是失禮了，那就請你也發表一下自己的優點吧。」

「我沒有任何優點。」

「你說什麼？」

「在迎娶公主殿下為妻這件事上，我沒有任何可以拿出來說嘴的事。誠如您所見，我是個窮人，就算娶公主殿下為妻，我也無法提供任何東西。我既沒有城堡，也沒有駿馬，更沒有金銀珠寶。而且我長得不帥，身材也不好。總而言之，我沒有任何值得炫耀的優點。」

既然如此，為什麼還要來這裡？那些集中在他身上的視線，全都透露出這樣的疑問，儘管男人心裡非常清楚，表面上卻依舊不動聲色。

「不過，唯有一件事情是我可以保證的，那就是公主殿下嫁給我的話，我絕對可以帶給她一個從來沒有經歷過的精彩人生。公主殿下恐怕一分一秒都不會感到無聊吧。我不會讓她有覺得無聊的時候。」

「有意思，你說你不會讓我有覺得無聊的時候？」

原本一臉厭煩、心不在焉的公主，這時突然表情一變，眼睛都亮了起來。

沒錯，她最害怕的就是無聊了。

公主這時終於注意到了，她之所以對與這些王公貴族結婚的事提不起勁，就是因為她早已預料到結婚以後，自己將面臨什麼樣的人生。

奢華的家具、禮服和珠寶；捧著茶杯與侍女們談論無聊的八卦、為宗教信仰或窮苦人家進行善心活動、動不動就大開城門舉辦盛大的儀式……根本就是一成不變的無聊人生。

這樣的生活早就在父親的城堡中過膩了。也因為這樣，一想到結婚之後可能會繼續過著同樣的生活，她就無法對結婚懷抱任何期待。

「父王，我決定了。」

公主直視著父王篤定地說。

「我想與這個人結婚。」

周圍一陣譁然，國王本人則氣得面紅耳赤，好半天都說不上一句話。

「……我再也受不了公主的任性了。」

宴會結束後，國王在王后面前抱怨道。

「我的忍耐已經到了極限。既然這樣，就按照約定把公主許配給她自己選擇的男人吧。」

王后一聽，整個人慌了手腳。那可是個來歷不明的窮光蛋啊，怎麼能把他們最疼愛的掌上明珠許配給那樣的男人呢？

不過王后也很清楚，公主一向是個固執己見的人。

「一個什麼也沒有的男人，反而兩袖清風，這樣最好。」

國王冷漠地說著。

「反正地位再高的人，一旦失去地位，就會變成沒有愛的政策聯姻，一輩子過著不幸的生活；就算領土再多，也只會因為爭奪土地，引起家族內的自相殘殺；就算擁有大筆財產，要毫不偏心地均分給子孫，也只是徒增困擾。」

「你現在說這些未免太早了，你說這些話是認真的嗎？」

王后深深嘆了一口氣。

「你明知道這會讓那孩子陷入不幸的窘境，為什麼還能夠把她許配給那種身無分文的男子呢？」

不過國王向來的作風就是，一旦做出決定，事後絕不再反悔。唯有這一點，和公主是如出一轍。他平常雖然是個愛女心切的好爸爸，但話一旦說出口，他就會固執到底。

無論王后如何反對，甚至哭著向他求情，事情依舊沒有轉圜的餘地。國王立刻下令著手安排公主的出嫁事宜。

「請別帶任何嫁妝過來。」男子說。

「如果妳帶華麗的禮服或珠寶過來，那就無法展開與以往不同的生活了。如此一來，我就無法保證能夠按照約定讓妳脫離無聊的生活。」

公主愈聽愈開心。

「真有趣，我要兩手空空地出嫁了。」

不知人間疾苦的公主依然還在狀況外。當然，她不曉得何謂貧窮，也無法想像沒有財富、地位和領土的生活，是怎麼一回事。

她興奮得像是要去郊遊一樣，而國王和王后只是膽顫心驚地在一旁看著這一切。

「如果妳有任何無法忍耐的事情，就立刻回來吧。」

除了用這句話為公主送行，王后別無選擇。話雖如此，王后並不覺得愛逞強又叛逆的公主會為了一點小事就輕易示弱。

此刻，國王和王后的心情與其說是看女兒出嫁，不如說是送她上戰場一樣悲壯。宮裡自然而然瀰漫著一股葬禮般的沉重氣氛，唯有公主本人顯得比平常活潑興奮許多。

「……咦？馬車在……？」

婚禮當天，儘管按照男方的要求一切從簡，公主好歹也披上了一件婚紗，可是令她意外的是，城堡前面竟然沒有馬車來迎接她。

「我們沒有那種代步工具，妳得自己走路才行。」

公主被男人的語氣嚇到，但一直逗留在這裡也不是辦法。無計可施之下，公主只好垂頭喪氣地跟著男人出發了。一路上，公主又餓又渴，走到兩腿都僵硬了，卻還是只能繼續往前走。

「好大的一座森林喔，這裡是哪裡啊？」

在踏進廣大的森林前，累得幾乎快失去意識的公主問男人道。

「這是山羊鬍國王的領土。」

「山羊鬍國王？」

「就是妳之前嘲笑他的戽斗像山羊一樣的人啊。」

這麼一說，在上門提親者之中，確實有一個下巴很長的男人。公主嘲笑他的下巴長得像山羊嘴，還給他取了這樣的綽號。

如果當初選擇那位國王，至少還有馬車或馬可以代步，不用像現在這樣被逼著走路了。腦中一浮現這樣的念頭，公主便感覺全身氣力盡失，但不服輸的她依舊咬緊牙根，不想要輕易示弱。

走了一段路以後，他們來到一座大城市。那裡有五花八門的市集，人潮川流不息。

「真是一座熱鬧的城市啊，這裡是誰的領地啊？」

「就是那個山羊鬍國王啊。如果妳當初跟他結婚，這裡就是屬於妳的了吧。」

男子嘲諷地說道。公主聽了頓時一陣沮喪，不過這一次她仍然設法替自己打氣，好不容易才把喪氣話吞回肚裡。

就這樣，他們日以繼夜地趕路，最後終於抵達一間位於森林裡的小屋。小屋周圍長滿荊棘與雜草，屋頂與牆壁斑駁腐朽，前門甚至矮到必須彎下腰才進得去。

「這房子可真破爛，這裡是誰家啊？」

「這裡就是妳和我的家啊，妳應該心知肚明吧？」

「僕人在哪兒呢？」

「怎麼可能有僕人啊，這裡所有事情都要自己來。好了，快去生火煮水吧。先去給我準備一些吃的東西再說。走了幾天幾夜，我都快累死了。」

可想而知的是，公主不知道如何生火，也不知道如何煮飯。雖然她已經累得筋疲力盡，快要不支倒地了，但在男人的幫忙下，總算勉強完成任務。

總之，如果不自己動手，是不會有人賞他們飯吃的。

從隔天開始，公主就被差遣去做事。男人拿柳條給她，命令她編籠子。她有樣學樣地編起籠子，但柳條硬得不得了，根本沒辦法順利拗彎。公主沒一會兒就弄得滿手是血。

「真是個沒用的女人。」

男人露出瞧不起人的表情，厭煩地說道。

「那妳去紡紗吧。這麼簡單的事，應該沒有不會的道理吧？」

由於當時的女人都會學習紡紗，因此男人也理所當然地認為公主至少會做這件事。公主被迫在紡織機前坐下，再度有樣學樣地開始紡起紗來。緊繃的紗線陷入公主柔軟的手指頭，只見指頭瞬間迸出鮮紅的血，沿著紗線滴落下來，被染成紅色的線再也無法拿來紡紗了。

「妳還真是個沒用的傢伙。算了算了，妳去市場上叫賣吧。」

說完，男人搬出不曉得從哪裡買來的鍋碗瓢盆，一個接一個放上手推車，堆得像山一樣高。他要公主把那些東西推去市場叫賣。

公主覺得要她那樣拋頭露面實在很丟臉。如果被她們國家的人看到，人家會怎麼說她呀。最令人擔心的是，萬一被父王或母后知道的話，他們該有多傷心啊。

可是公主無力反抗，只能搖搖晃晃地推著手推車前往廣場。她在地面上攤開草蓆，將運來的鍋碗瓢盆陳列在上面。有些東西東缺一角西缺一角的，這種東西真的會有人買嗎？過慣奢侈生活的公主實在無法想像。

為了避免被人看見自己的臉，公主低著頭坐在原地，沒想到多多少少還是有行人湊上前來。偶爾有人會拿起商品檢視一番，但始終沒人真正掏錢購買。

「這是做什麼用的？」

有客人這樣問公主，但她自己才想反問對方哩。

「這是什麼做的？是鐵還是馬口鐵？」

「這、這個嘛……」

公主根本不可能知道那種事。

「沒有更大一點的嗎？我們家人口多，這麼小的不夠用啊。」

「可、可是，目前就只有這個了。」

最後客人好不容易埋單，公主卻因為忘記找錢而被罵到臭頭，或是因為找錢找太多，而做了虧本生意。

說來說去，公主身上從來就沒帶過什麼錢。更別提她根本不會算術。前來光顧的客人也漸漸失去耐心，紛紛掉頭走人。

在這之中，發生了一件嚴重的事。某處突然傳來馬匹叩囉叩囉疾馳的聲音，沒想到一個抬頭，喝醉酒的輕騎兵就騎著馬衝了過來，踢散鍋碗瓢盆，瞬間就把東西弄得一片粉碎。

突如其來的意外，讓平常愛逞強的公主也忍不住哭了。

「怎麼辦，他會怎麼教訓我？我會面臨什麼樣的下場？」

公主垂頭喪氣地回到家以後，果不其然，男人大發雷霆。

「真是個沒用的女人，什麼事情都做不好。既然這樣，只剩一個辦法了，妳給我去賣身！」

「賣身？什麼是賣身……？」

「什麼事情都做不好的女人，最後的選擇就是去賣身啦。妳長得年輕貌美，再怎麼笨手笨腳，好歹也值個幾毛錢吧。」

就這樣，公主被男人帶到一幢位於市郊的建築物前。沿著樹林間蜿蜒曲折的小徑前進，入口處好像可以看見一個類似招牌的東西。

Maison · de · plaisir。綴以花俏霓虹的招牌上寫著看不懂的文字，公主一問之下，男人說：

「就是字面的意思，快樂之家。」

「快樂之家？」

「對，妳就是要負責帶給男人快樂的人。」

話雖如此，公主還是無法想像那究竟是怎麼一回事。

他們被帶進會客室坐著，等了好一段時間以後，屋內才走出一個老態龍鍾的女人。殘存在頭上的稀疏白髮被綁得奇形怪狀的，皺巴巴的臉上還塗著厚厚的一層粉。公主覺得她簡直就像巫婆一樣。

「脫衣服。」

老嫗突如其來的命令，令公主一時之間不知所措。

「我叫妳把衣服脫光，別拖拖拉拉的。」

公主用眼神向男人求救，對方卻若無其事地撇過頭去。

老嫗的命令有一種不能忤逆的壓迫感。公主無計可施，只好慢吞吞地脫下身上的衣物。

當她脫下最後一件內衣時，強烈的羞恥心突然竄過她腦袋，這是她以前在宮廷生活中從未感受過的，但她並不知道這反而是身為女性，非常自然的一種情感。

見公主恢復成最原始的姿態後，老媼用皺紋深處閃著銳利光芒的小眼睛，從上到下仔細打量了她一番。

「像她這樣骨瘦如柴，可能不會受到歡迎吧。因為來我們這兒的男人都比較喜歡健康有活力的。」

「像她這樣的也有另一番魅力呀，她可是個家世良好的女人。對於男人來說，高雅的氣質也是一種魅力吧？」

「家世良好是吧？高雅的氣質是吧？嗯，很多找上門來的女人都是這樣說的，但往往很快就被拆穿真面目了，她最好別像那些女人一樣。」

感覺很愛雞蛋裡挑骨頭的額齡老媼雖然一邊這樣碎碎念，但最後還是買下了公主，只是價格遠低於男人的報價。

公主就這樣獨自被留在妓院裡。此時的她，還不曉得這裡究竟是什麼樣的地方，也不曉得她在這裡究竟要做什麼事……

「啊，不要！」

公主突然全身光溜溜地被推進一個房間，身後的門碰的一聲關上。裡面有一個臉色泛紅的男人正在床邊脫褲子等待。公主急忙下意識地雙手抱胸，試圖護住自己毫無遮掩的胸口。

公主亟欲逃離，卻被恐懼感震懾在原地，全身無法動彈。只見男人突然伸出手，想碰公主的身體，公主反射性地推開對方，拔腿就跑。

公主拚命在房間內東奔西逃，但男人不僅沒有退縮，反而更加樂在其中。最後，公主終於被逼到房間的角落，無處可逃之下，她只能全身無力地癱倒在地上。男人向她逼近，擋住她的去路。

「呵，幹麼表現得像個處女呢？妳以為這裡是哪裡啊？」

男人一把抱起公主，把她丟到床上。然後整個人粗魯地撲到她身上。無論公主怎麼呼救，都沒有人來幫她。她只能一邊啜泣，一邊臣服於男人的暴力之下。

從那天起，公主每天都被迫接客。老鴇從頭開始指導她如何成為紅牌妓女。

「不要傻楞楞地站在那裡。」

有時，老鴇會突然這樣罵她。

「妳的笑容呢？笑容！」

「妳該不會不知道怎麼討男人歡心吧？」

「妳可是商品，妳唯一要思考的就是，怎樣才能用最高的價格把自己賣出去。為了達到這個目的，用盡一切努力也不足惜。」

怎樣才能用最高的價格把自己賣出去？公主從來沒思考過這種事。

從前試圖在她面前抬高自己身價的男人多不勝數，而她總是那個負責估價與砍價的人。可是從現在開始，她竟然得想辦法把自己賣出去……

從那天起，公主就徹底地接受老鴇的訓練。即使只是脫掉身上的衣服，也得慢條斯理地脫，一件、一件地吊足男人胃口才行。必須在脫衣服的過程中，勾起男人迫不及待的慾望，提高期待感，並且盡可能讓自己的身體看起來充滿魅力。

要從哪個角度開始脫？哪個角度的自己看起來最有魅力？勾引對方時，哪些部分該露，哪些部分不該露？這些都必須精心盤算過才行。

日復一日，公主逐漸成為一名職業級的妓女。奇怪的是，剛開始明明嚇得連尋死的念頭都冒出來過，如今卻也逐漸習慣了這樣的生活。說來真的很不可思議，人類竟然可以適應各種超乎想像的事情。

前來消費公主的男人形形色色，年輕男人、中年男人、貧窮的男人、富有的男人、溫柔的男人、粗魯的男人……

由於公主擁有超凡脫俗的美貌，因此她很快就成為妓院的紅牌，特地慕名而來的訪客也與日俱增。

有一天，公主從休息室的門縫瞥見門口來了一個人，嚇得心臟差點停止。那人看來有點眼熟，仔細回想一下，他是當時來城堡參加宴會的其中一個男人，而且不是別人，正是山羊鬍國王……他來光顧這家妓院。

「求求您了。」

公主懇求著手掌大權的老鴇。

「我不想替那個人服務，把他安排給其他人吧。」

「妳以為妳想怎樣就能怎樣嗎？」

「不然請您至少讓我戴上面具吧，我這輩子就求您這一次了。」

雖然老鴉一開始一直嚷嚷著不可能，但想到面具可能也有另一番情趣，還是勉為其難地答應了。

公主用黑色面具罩住臉的上半部，就像在威尼斯嘉年華會上使用的面具一樣。戴上面具以後，反而更襯托出下半張臉白皙透亮的膚色與高挺纖細的鼻梁。

「看來妳有什麼難言之隱吧，那人是妳的舊識嗎？」

聽著背後傳來老鴉的聲音，公主垂頭喪氣地走進房間，步向客人面前。

「……好一個美人啊。」

國王一見到公主便脫口而出。

「臉上戴著面具反而更有神祕感了，這是這家店的作風嗎？還是……」

國王歪了歪頭。

「是我的錯覺嗎？妳看起來有一點像某個我認識的女人。」

公主內心一驚，整顆頭垂得更低了。

「那個女人美麗得無以言喻。」

「她現在在哪裡呢？」

「不知道，她嫁給某個男人了。不知道她現在過得好不好，但我有時候會想起她來。」

從那天起，山羊鬍國王三不五時就會上門光顧，每一次公主都戴著面具接待他。老鴇也不再開口抱怨這件事情了，因為每次國王來都會給很多小費，這一點讓她非常滿意。

公主也在不知不覺中受到國王的吸引。每次回到那幢家徒四壁的小屋，她的丈夫就會占有她的身體。即使公主被其他男人玩弄過，丈夫依舊不在意與她發生關係。說來說去，她的丈夫是不是沒有一般人那種愛與嫉妒的情緒呢？

「我不知道妳有什麼難言之隱，但為什麼像妳這樣的人會淪為娼妓呢？」

有一次，被山羊鬍國王這麼一問，公主感傷地低下頭。

「這個我真的不能告訴你，總之我並不是自願從事這一行的。」

「是什麼束縛著妳呢？難道是為了哪個心儀的男人？」

帶我遠走高飛吧，公主在心中祈求著。她的丈夫既不愛她也不溫柔，她當初不該選擇那個男人的。

沒想到曾經被她嘲笑有一張山羊嘴的國王，竟然是如此體貼深情的人，而且一直到今天都沒有變心，始終默默地愛慕著她。

「那個時候我只有遠遠地見過她一面，也只聽過她說一兩句話而已，可是從那天起，她就一直占據著我的心。妳和她十分相似。」

每回與公主在床上纏綿時，國王都這麼對她說。

國王在她身上看見始終無法忘懷的女人身影，不過她並不介意，因為國王愛著的女人，國王無法忘懷的女人，不是別人，正是她自己。

公主心中對山羊鬍國王的傾慕一天比一天熾熱。她想要找機會向他坦白，說她就是那個公主。

他會瞧不起淪落到這般境地的她嗎？他會懊悔不該知道她的真面目嗎？

但她還是想要毫無保留地表白這份心意，想要向他訴說自己這段日子以來的悲慘遭遇……然後想讓他接受這樣的她。

後來，公主與山羊鬍國王持續幽會了很長一段時間。不知從何時起，公主為了對國王守貞，開始拒絕與其他男人同床共枕。一開始老鴇也氣得直跳腳，但一想到失去山羊鬍國王就等於失去一個大金主，到頭來她也不敢再抱怨些什麼。

如今公主已經開始幻想起自己與國王的未來了。即使沒有說出口，她覺得對方應該也有同樣的打算。

一國之君與妓院娼婦……怎麼看都是身分無比懸殊的組合，但光憑目前的人生經驗，公主根本就還涉世未深，因此她內心某個角落始終相信，這個願望總有一天會實現。

於是有一天，公主終於下定決心，在男人面前摘下面具。

「我就是那個公主，就是你說你始終無法忘懷的那個公主。」

「……」

「原諒我當時毫不留情地拒絕了你，我那個時候還太年輕了，什麼都不懂。」

公主一邊說著，一邊滿心期待地注視著國王。

「你會討厭這個被玷汙過的我嗎？你是否願意原諒我呢？可是你也說過你始終忘不了我，我相信你說的都是真的。」

她期待對方會喜不自禁地衝上來擁抱她。不，他一定會這麼做才對的，一定會的。

然而……

「不對。」

山羊鬍國王一臉困擾地沉默了一會兒後，喃喃說道。

「妳錯了，妳並不是她。」

怎麼會……公主一時陷入困惑，隨即激動反駁道：

「就是我啊，我真的就是當時那個公主。我是因為一些逼不得已的原因，才會變成今天這樣的。」

「妳想要欺騙我，破壞我的幻想。拜託妳別這樣，妳完全是另一個世界的人。虧我還想藉由妳來安慰我自己，虧我還想藉由妳來填補我那份失落感。拜託妳別破壞我這輩子唯一的愛情。」

接著國王又說：「早知道我就不該告訴妳那個人的事情。那麼重要的回憶，我應該默默放在心底珍藏就好，不該拿出來擾亂妳的心情。」

山羊鬍國王就這樣離去，從此以後再也沒有出現過了。

到底為什麼？公主終日以淚洗面。為什麼他不肯接受我呢？明明我還是我啊，跟當時的我並沒有任何不同之處啊。

他說一輩子無法忘記我，難道是在說謊嗎？

「我不知道妳發生了什麼事，」有一回，老鴇默默靠近唉聲嘆氣的公主，喃喃對她說：

「但我心裡大概有個底，妳恐怕越界了。男人之所以來這裡發洩慾望，是因為妳們是沒有名字的女人，妳們永遠都不能擁有名字。就是因為沒有名字，因為不是現實世界的女人，男人才能夠在這裡展現自己真實的一面，也願意大手筆地花錢在妳們身上。那是因為他們放心地知道，妳們永遠不會再回到另一邊的世界。」

我是沒有名字的女人，是另一個世界的女人……

自從聽完這番話以後，公主就變了一個人。既然無法再回去另一邊，那她就要攀上這個世界的巔峰，要成為一個徹頭徹尾的專家。

「不要，我才不回去。」

那個時候公主是這麼說的，而她的丈夫則被這反應嚇得合不攏嘴。

那天她的丈夫造訪妓院是有原因的。他賭馬贏了一大筆錢，從此可以過著衣食無虞的生活。他特地來告訴公主：妳努力張開雙腿賺來的錢，已經把妳的欠款還清了，所以以後再也不必賣身了，跟我一起回家吧。

「妳不回去？為什麼？」

丈夫驚訝得瞪大雙眼。

「你不是說過嗎？你會讓我過著有趣的生活，而現在這樣就是有趣的生活啊。我好不容易才有這樣的一天，所以我再也不想回去了。」

「有趣的生活？妳……」

賣身給男人是有趣的生活嗎？為了錢讓不同男人任意擺布自己的身體，這叫有趣的生活嗎？

「待在這裡至少會被當成女人對待。

「而且我還可以靠自己賺點錢什麼的，既不必顧慮他人，也不需要別人照顧。

「還有好幾個人說想要幫我贖身呢。我可是這裡的紅牌，只有我挑客人的分，客人想挑我還不見得願意呢。我費盡千辛萬苦才有這一天，好不容易才爬到這個位置耶。

「當然，我能走到這一天可是下了很多苦功，我必須從頭學習這一行如何運作。或許人們會看不起我吧，但我日積月累地學習以後，如今才成為專業級的。要成為專家是很不容易的耶，要掌握男人的心與肉體是很不容易的耶。我現在對這一點很自豪，沒有人贏得了我。

「賣身已經讓我成了另一個世界的人，再也無法離開那裡，所以我早已下定決心，既然如此，我就要自立自強，要成為這個世界最成功的人。」

最後她的丈夫只能黯然離去。後來，聽說公主成為那個圈子遠近馳名的紅牌娼婦，並且讓許多畫家都為她提筆留下肖像畫。

✤故事中隱含的近親相姦氣息

根據日本心理學家河合隼雄在著書《傳說的深層》中所述，〈山羊鬍國王〉是格林兄弟將兩篇故事合而為一後的作品。這也就是為什麼這篇童話故事能夠擁有與近代短篇小說相似的內容與結構，而且如此地充滿魅力。

故事的主角是一名美貌而高傲的公主。雖然她身旁圍繞著眾多求婚者，但她總是對那些人挑三揀四，堅決不肯點頭下嫁。

對此，河合隼雄的分析是，公主認為「這些聚集在自己身旁的人，『並不是因為認同她是個有價值的人，而純粹只是看上了她的外表而已。』」因此她懷疑那些人「是不是只把她當作物品，而沒把她當作人來看待。」從而對人產生強烈的不信任感。確實，那些從小因為美貌或家世背景而受人矚目，很早就習慣受旁人追捧的人，若不是沉溺於那樣的感覺之中，或許就是對所有事物都採取冷眼旁觀的態度吧。

另一方面，對於父王聽見公主以辛辣的言語一一拒絕求婚者，河合隼雄則寫道：「他雖然一方面對女兒的行徑感到強烈憤怒，但另一方面是不是也暗自竊笑著女兒的批評儘管辛辣卻不無道理呢？」

換言之，這裡反映出的是身為父親的國王，儘管在為適婚年齡的女兒尋找結婚對象，但真的到了緊要關頭時，他內心其實並不想放手，而想將女兒永遠留在身邊的心願。

不過，在女兒拒絕所有的求婚者之後，原作中的父王決定讓她跟一個乞丐結婚。

關於這個部分，河合隼雄也提出以下的論述：

「當父親知道沒有人能夠讓女兒得到完整的幸福後——儘管根本不可能有那樣的人——他便試圖為女兒選擇一個劣等至極的丈夫。隱含其中的祕密心願就是，他希望當女兒對那樣的人物感到不滿足的時候，或許有可能逃回更完美的男性，也就是逃回父親的身旁。」

簡而言之，這篇故事也和〈夏天的庭院與冬天的庭院〉、〈千皮獸〉或〈沒有手的姑娘〉一樣，都在隱約暗示著父親與女兒之間擁有近親相姦的關係。

在原作當中，公主在父親的安排下與乞丐結婚，離開了從小住慣的城堡，然而在她抵達丈夫的住處前，她老早就開始咳聲嘆氣，不斷抱怨說：「我真是個可憐的女人，早知道當初嫁作山羊鬍國王的妻子就好了。」

對此，河合隼雄認為，公主這種抱怨早知如此何必當初，「不斷回首過往，自我憐憫」的行為，距離反省過去、記取教訓，從而蛻變新生的人性成長還很遙遠。

換句話說，公主若想要掌握幸福，必須得經歷更多更多痛苦的考驗才行。

在原作當中，公主後來被丈夫要求編籠子、紡紗、去市場叫賣鍋碗瓢盆，不過沒有一件事情順利完成，所以最後她淪落為廚房女傭。

有一天，她看見城堡的國王舉辦結婚宴會，而盛裝打扮的出席者與窮途落魄的她簡直天差地別，瞬間令她感到痛心疾首。

公主見到國王出現後非常震驚，因為那個人就是她曾經用很多羞辱的言語，拒絕對方求婚的「山羊鬍國王」。

山羊鬍國王不顧公主百般不願，牽起她的手，試著把她拉進大廳。這時，公主掛在身側的袋子上的繩子應聲斷裂，袋裡的壺掉到地上，裡面的殘羹剩菜四濺出來，惹得人們哄堂大笑。可憐的公主覺得去臉極了，巴不得找個地洞鑽進去。不過根據河合隼雄的分析，這些苦難的日子就是公主向內求道的過程，而在眾目睽睽之下的屈辱體驗，也是公主為了「登上最後一段階梯」的必經之路。

在原作當中，山羊鬍國王在這個時候向公主坦承說，不管是先前娶她的乞丐，還是騎馬踢散她叫賣的鍋碗瓢盆的輕騎兵，其實都是他假扮而成的，「這是我為了挫挫妳的銳氣，刻意安排的橋段。」見到公主泣不成聲地說：「我沒有資格成為你的妻子。」山羊鬍國王再度向她求婚，最後故事畫下一個圓滿的句點。

所以，就如河合隼雄所述：

「就像最初她處在以他人為笑柄的人生巔峰之時，劇情突然急轉直下，她淪為乞丐的妻子一樣，最後她在眾人的嘲笑下感到無地自容，『只想找個地洞鑽到千丈的地底下去』之際，她又突然從乞丐之妻搖身一變成為王妃。」

✦女人與紡紗

順帶一提，故事中有一段公主被丈夫命令去紡紗的情節，其實早期歐洲的女孩子，到了一定年齡時，就得學習紡紗和織布的工作。

從前男人負責狩獵或飼養家畜，戰爭期間更是經常不在家。女人通常都會聚集在共同的紡紗房裡，一邊等待男人回家，一邊辛勤地紡紗。

根據露絲・布緹海默（Ruth Bottigheimer）的著作《格林童話的邪惡少女與勇敢少年》所述，為了避免在紡紗時打瞌睡，女人們會互相談論各種話題。格林兄弟蒐集的童話，應該也有很多是在那樣的生活條件下誕生的吧。

不過，不管是用手指捻、用嘴唇舔亞麻線，或是用腳踩踏紡車，這些紡紗的工作都是非常辛苦的勞動。在一篇名為〈三個紡紗女〉的格林童話當中，有一個大拇指又醜又肥的老女人、一個單腳腳板又寬又平的老女人，和一個下唇又長又嚴重下垂的老女人，她們三個就是因為長年紡紗才會變成這副模樣。

而在〈山羊鬍國王〉當中，紡紗也具有用來呈現從小嬌生慣養的公主如何飽受折磨的效果。

參考文獻

高橋吉文《グリム童話　冥府への旅》白水社
《初版グリム童話集》全四巻　白水社
夏爾・佩羅《ペローの昔ばなし》白水社
高橋義人《グリム童話の世界》岩波書店
《グリム童話集》全五巻　岩波書店
《完訳ペロー童話集》岩波書店
《完訳グリム童話》全集　角川書店
《グリム童話集》全巻　新潮社
《グリム童話集》上下　筑摩書房
《グリム童話全集》全巻　小學館
《アンデルセン童話集》全巻　岩波書店
《アンデルセン童話全集》全巻　小學館
《アンデルセン童話集》全巻　偕成社
安徒生《我的童話人生：安徒生自傳》（わが生涯の物語）岩波書店（中譯本，臺北：台灣商務，

二〇一三年）
安徒生《マッチ売りの少女》新潮社
高達・德克爾（Godard d'Aucour）《中世ヨーロッパの生活》白水社
米歇爾・波琉（Michele Beaulieu）《服飾の歴史》白水社
海因里希・普萊季哈（Heinrich Pleticha）《中世への旅　騎士と城》白水社
海爾穆特・巴爾茨（Helmut Barz）《青髭　愛する女性を殺すとは？》新曜社
特奧多爾・塞弗特（Theodor Seifert）《おとぎ話にみる死と再生》新曜社
維瑞娜・卡斯特（Verena Kast）《おとぎ話にみる男と女》新曜社
維瑞娜・卡斯特《おとぎ話にみる人間の運命》新曜社
安潔拉・魏布林根（Angela Waiblinger）《おとぎ話にみる愛とエロス》新曜社
瑪麗亞・塔塔爾《グリム童話　その隠されたメッセージ》新曜社
約翰・埃里斯（John M. Ellis）《一つよけいなおとぎ話》新曜社
喬治・杜比（Georges Duby）《愛とセクシュアリテの歴史》新曜社
金成陽一《透視恐怖的格林童話》（グリム童話のなかの怖い話）大和書房（中譯本，臺北：旗品文化，二〇〇〇年）
金成陽一《グリム童話のなかの呪われた話》大和書房
金成陽一《グリム童話のなかのぞっとする話》大和書房

野村滋《グリム童話　子どもに聞かせてよいか?》筑摩書房
伊林・費切爾（Iring Fetscher）《だれが、いばら姫を起こしたのか》筑摩書房傑克・齊普斯（Jack Zipes）《グリム兄弟》筑摩書房
阿部謹也《西洋中世の男と女》筑摩書房
鈴木晶《グリム童話　メルヘンの深層》講談社
森義信《メルヘンの深層　歴史が解く童話の謎》講談社
夏爾・佩羅《眠れる森の美女》講談社
辻靜雄《フランス料理（肉料理）（魚料理）》講談社
辻靜雄《フランス料理の手帳》新潮社
奧斯卡・王爾德《快樂王子》新潮社
奧斯卡・王爾德《獄中記》新潮社
倉橋由美子《殘酷童話》（大人のための殘酷童話）新潮社（中譯本，臺北；新雨，一九九九年）
愛德華・福克斯（Eduard Fuchs）《風俗の歷史　全九巻》角川書店
井上宗和《ヨーロッパ・古城の旅》角川書店
桐生操《黒魔術白魔術》角川書店
松本侑子《罪深い姫のおどき話》角川書店
奧斯卡・王爾德《獄中記》角川書店

勒布雷斯・波蒙夫人《美女與野獸》角川書店
波蒙夫人《美女與野獸》角川書店
露絲・布緹海默（Ruth Bottigheimer）《グリム童話の悪い少女と勇敢な少年》紀伊國屋書店
亞瑟・拉克姆（Arthur Rackham）繪《グリム童話集》全二巻　新書館
夏爾・佩羅《長靴をはいた猫》河出書房新社
《生活の世界歴史》全十巻　河出書房新社
《世界の歴史》全二十四巻　河出書房新社
馬克思・馮・伯恩（Max Von Boehn）《モードの生活文化史》全二巻　河出書房新社
福田和彥《生活性風俗事典》上下　河出書房新社
理查德・卡文迪許（Richard Cavendish）《黒魔術》河出書房新社
馬克思・馮・伯恩《ロココ》理想社
矢吹省司《グリムはこころの診察室》平凡社
阿部謹也《中世を旅する人々》平凡社
春山行夫《エチケットの文化史》平凡社
春山行夫《おしゃれの文化史》全三巻　平凡社
春山行夫《クスリ奇談》平凡社
遠藤紀勝《仮面　ヨーロッパの祭りと年中行事》社會思想社

《世界の歷史》全十二卷　社會思想社
蓋瑞・傑寧斯（Gary Jennings）《エピソード　魔法の歷史》　社會思想社
史蒂斯・湯普森（Stith Thompson）《民間説話——理論と展開》　社會思想社
亨利・普哈（Henri Pourrat）《フランスの民話》上中下　青土社
帕斯卡爾・迪比（Pascal Dibie）《寝室の歷史》青土社
種村季弘《悪魔礼拝》青土社
梅麗莎・諾克斯《奥斯卡・王爾德》青土社
《Eureka》一九八〇年九月號　青土社
安德森・布雷克（J. Anderson Black）《ファッションの歷史》上下　PARCO出版
馬克思・馮・伯恩《モードの生活文化史》PARCO出版
飯塚信雄《デュバリー伯爵夫人と王妃マリ・アントワネット》文化出版局
《世界の歷史》全十六卷　中央公論社
野崎直治《ヨーロッパ中世の城》中央公論社
阿部謹也《刑吏の社会史》中央公論社
喬治・巴代伊（Georges Bataille）《情色論》（エロティシズム）二見書房（中譯本，臺北：聯經出版，二〇一二年）
阿蘭・德科（Alain Decaux）《フランス女性の歷史》全三卷　大修館書店

川田靖子《十七世紀のフランスのサロン》大修館書店
長尾豊《黒魔術・白魔術》學習研究社
ムー特別編集事典シリーズ《魔術》學習研究社
如玟・高登（Rumer Godden）《アンデルセン》學習研究社
武内、花積、西園寺、矢島《怪奇人間》學習研究社
卡爾漢茲・馬雷《首をはねろ！》美鈴書房
布魯諾・貝特漢《昔話の魔力》評論社
漢茨・羅雷克（Heinz Rölleke）《グリム兄弟のメルヒェン》岩波書店
谷口幸男等《現代に生きるグリム》岩波書店
新倉朗子《フランス民話集》岩波書店
綠提《昔話——その美学と人間像》岩波書店
羅伯・丹屯（Robert Darnton）《貓大屠殺：法國文化史鉤沉》（猫の大虐殺）岩波書店（中譯本，臺北：聯經出版，二〇〇五年）
高橋健二《グリム兄弟とアンデルセン》東京書籍
藤代幸一《ドイツ・メルヘン街道物語》東京書籍
池内紀《ドイツ四季暦》東京書籍
野口芳子《グリムのメルヒェン　その夢と現実》勁草書房

井上宗和《フランス　城とワイン》三修社
鏡龍二《戦慄の魔女狩り》日本文藝社
吉田八岑《悪魔考——神に叛かれた者たち》薔薇十字社
吉田八岑《尼僧と悪魔》北宋社
青木英夫《下着の流行史》雄山閣
瑪德琳・科斯曼（Madeleine Cosman）《ヨーロッパの祝祭典》原書房
阿部謹也《中世の窓から》毎日新聞社
《澁澤龍彥集成》全六卷　桃源社
村山信彥《服装の歴史》全三卷　評論社
弗拉基米爾・雅可夫列維奇・普羅普（Vladimir YAkovlevich Propp）《故事形態學》（昔話の形態学）白馬書房（中譯本，北京：中華書局，二〇〇七年）
埃里希・佛洛姆《夢的精神分析》（夢の精神分析——忘れられた言葉）東京創元社（中譯本，臺北：志文，一九八八年）
尚・考克多《美女與野獸》創元社
瑪麗－路易絲・弗蘭絲（Marie-Louise von Franz）《おとぎ話の心理学》創元社
森省二《アンデルセン童話の深層》創元社
瑪麗－路易絲・弗蘭絲《メルヘンと女性心理》海鳴社

瑪麗－路易絲・弗蘭絲《おとぎ話における影》人文書院
西比勒・伯克豪瑟・歐埃里（Sibylle Birkhauser-Oeri）《おとぎ話における母》人文書院
讓－保羅・阿隆（Jean-Paul Aron）《食べるフランス史》人文書院
河合隼雄《昔話の深層》福音館書店
綠提《昔話の本質》福音館書店
綠提《昔話の解釈》福音館書店
山中康裕《絵本と童話のユング心理学》大阪書籍
金成陽一《グリム童話のなかの愛と試練》彌生書房
山室靜《アンデルセンの世界》彌生書房
埃利亞斯・布列茲托爾夫（Elias Bredsdorff）《アンデルセン——生涯と作品》小學館
日本兒童文學學會編《アンデルセン研究》小峰書店
爾林・倪而森（Erling Nielsen）《アンデルセン》理想社
時任森《読み語り　アンデルセン童話》翌檜書房
安奈泉《アンデルセン童話の呪い》大和出版
浦山明俊《原点アンデルセン童話》文化社
由良彌生《身の毛もよだつ　世界「残酷」昔ばなし》廣済堂出版
由良彌生《格林血色童話：夢幻糖衣後的殘酷世界》（大人もぞっとする初版「グリム童話」）三笠書

房（中譯本，臺北：月之海，2014年）
三浦祐之《童話ってホントは残酷》二見書房
櫻澤麻伊《グリム童話99の謎》二見書房
愛麗絲・莫爾斯・厄爾（Alice Morse Earle）等《拷問と刑罰の中世史》青弓社
艾德蒙・內蘭克（Edmond Neirihck）等《よくわかるフランス料理の歴史》同朋舎出版
喬治・布朗（Georges Blond）等《フランス料理の歴史》三洋出版貿易
段義孚《恐怖の博物誌》工作舎
莫里斯・肯恩（Maurice Keen）《ヨーロッパ中世史》藝立出版
馬爾丹・莫內斯提耶（Martin Monestier）《自殺全書》原書房
鶴見濟《完全自殺手冊》（完全自殺マニュアル）太田出版（中譯本，臺北：茉莉，一九九四年）
奧斯卡・王爾德《幸福な王子とその他の物語》旺史社
桑名伶《封印されたグリム童話》寶島社
彼得・阿克羅伊德（Peter Ackroyd）《一個完美主義者的遺言：奧斯卡・王爾德別傳》（オスカー・ワイルドの遺言）晶文社（中譯本，江蘇：譯林，二〇一四年）
木村克彥《ワイルド作品論》新樹社
高橋洋一《ジャン・コクトー》講談社
山田勝《オスカー・ワイルドの生涯》日本放送出版協會

Ellis, John M "One Fairy Story Too Many"

Fink, Gonthier-Louis "Naissance et apogée du conte merveilleux en Allemagne 1740-1800"

Farrer, Claire R "Women and Folklore"

Bottigheimer, Ruth B "Fairy Tales and Society:Illusion, Allusion and Paradigm"

Fischer, John L "The Sociopsychological Analysis of Folktales"

Key F. Stone "The Misuses of Enchantment: Controversies on the Significance of Fairy Tales"

Calame-Griaule, Genevireve "Permanence et metamorphoses du conte populaire"

Marcia Liederman "Sone Day My Prince Will Come: Female Acculturation through the Fairy Tale"

Cox, Marian Roalfe "Cinderella: 345 Variants"

Campbell, Joseph "Falkloristic Commentary "to The Complete Grimm's Fairy Tales"

Opie, Iona and Peter "The Classic Fairy Tales"

Cocchiara, Giuseppe "The History of Folklore in Europe"

Gomme, George Lawrence "Folklore as an Historical Science"

Peju, Pierre "La petite fille dans la forêt des contes"

Sele, Roger "Fairy Tales and after"

Propp, Vlodimir "Morphology of the Folktale"

Rooth, Birgitta "The Cinderella Cycle"

Waelti-Walters, Jennifer "Fairy Tales and the Female Imagination"

Armstrong, Robert Plant "Content Analysis in Folkloristics"

Bange, Pierre "Comment on deuient homme: Analyse semiotique d,un conte de Grimm"

Fout, John "German Women in the Nineteenth Century"

Minard, Rosemary "Womenfolk and Fairy Tales"

Thiselton-Dyer, T. F. "Folk-Lore of Women"

國家圖書館出版品預行編目資料 CIP

格林血色童話 4 ： 純潔殘酷的愛慾世界 / 桐生操作 ；
劉格安譯．— 初版．— 新北市 ： 大風文創，2018.01

面； 公分．—（Mystery ； 29）

ISBN 978-986-95859-0-3（平裝）

861.57 106022928

Mystery 029

格林血色童話 4　純潔殘酷的愛慾世界

作者／桐生操
譯者／劉格安
主編／鍾艾玲
特約編輯／劉素芬
排版編輯／林鳳鳳
封面設計／比比司設計工作室
編輯企劃／月之海
發行人／張英利
出版者／大風文創股份有限公司
電話／(02)2218-0701
傳真／(02)2218-0704
網址／http://windwind.com.tw
E-Mail／rphsale@gmail.com
Facebook／大風文創粉絲團
http://www.facebook.com/windwindinternational
地址／台灣新北市 231 新店區中正路 499 號 4 樓

台灣地區總經銷／聯合發行股份有限公司
電話／（02）2917-8022
傳真／（02）2915-6276
地址／231 新北市新店區寶橋路 235 巷 6 弄 6 號 2 樓

港澳地區總經銷／豐達出版發行有限公司
電話／(852)2172-6513
傳真／(852)2172-4355
E-mail／cary@subseasy.com.hk
地址／香港柴灣永泰道 70 號柴灣工業城第二期 1805 室

ISBN／978-986-95859-0-3
初版三刷／2020.10
定價／新台幣 350 元

Mystery

LUNA SEA